KB208902

"수영복 입었다고요!"

뒤로 돌아선 아오이는 검은 비키니 수영복을 입고 있었다.
뭐야, 수영복을 입고 앞치마를 걸친 거였구나. 그럼 건전하지…….
그렇게 말할 줄 알았냐! 수영복은 수영복대로 야하잖아!

칸베 히나 [Hina Kanbe]

루미의 동생으로 상당히 조숙한 다섯 살 아이.
일일 연속극을 좋아해 연애 상담이 특기.

칸베 루미 [Rumi Kanbe]

아오이의 친구로
명랑한 갸루 미소녀 여고생.
유야도 친근하게 대한다.

아마에 유야 [Yuya Amae]

3년 차 직장인인
피곤에 찌든 회사원 주인공.
동거 중인 아오이와
깨끗하고 바르게 사귀는 중.

시라토리 아오이 [Aoi Shiratori]

유야의 신부를 지망하는 미소녀 여고생.
남에게 의지하는 게 약간 서툶.
정식으로 남자 친구가 된 유야를
보살피는 게 취미.

"오빠? 뭘 그렇게 열중해서 보는…….

젖은 아오이의 모습을 보고
위험하다는 걸 깨닫고 말았다…….
옷이 비쳐서 브래지어가 다 보인다!

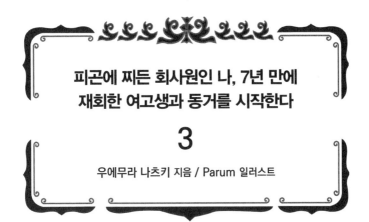

피곤에 찌든 회사원인 나, 7년 만에 재회한 여고생과 동거를 시작한다

3

우에무라 나츠키 지음 / Parum 일러스트

권두 그림 및 본문 삽화 Parum

Contents

Kutabire Salaryman na Ore,

7nenburi ni Saikai shita Bishojo JK to

Dosei wo Hajimeru

제1장 초콜릿보다 달콤한 밸런타인데이

1월이 끝나가던 어느 날 밤.

씻고 나와서 소파에서 쉬는 내 옆으로 아오이가 살포시 앉았다. 긴소매로 된 복슬복슬한 옷을 입고 있다. 밑에는 반바지다. 남자의 마음을 자극하는 동거하는 여친 룩 같은 느낌의 편한 옷이다.

"유야 오빠. 몸이 식어서 한기 들지 않게 조심해요."

아오이가 앉자마자 잔소리를 했다. 건강을 해치지 않도록 마음 써 주는 게 기뻐서 나도 모르게 얼굴이 풀어진다.

"그래, 그래. 알겠어."

"익. 왜 웃어요? 반성하지 않는 거죠?"

"그런 거 아니야. 그보다 그 옷, 귀엽다."

칭찬하니, 아오이의 표정이 환하게 빛난다.

"고마워요. 부들부들하고 복슬복슬한 촉감이 마음에 들어서 좋아하는 옷이에요. 인형에 폭 안긴 느낌이 들거든요."

"헤에. 그러게, 촉감이 좋아 보이기는 하네."

"그러면…… 제 몸, 만져 볼래요?"

"어?!"

아오이가 쑥스러워하면서도 쭉 양팔을 펼쳤다. 마치 남자 친구에게 안아 달라며 재촉하는 응석꾸러기 여자 친구처럼.

"다, 다음에. 아하하……."

단순히 포옹만 하는 거면 문제없는데 자기 몸을 만져 보겠느냐고 물으면 곤란하지. 아오이는 그저 나와 밀착하고 싶을 뿐, 다른 의미는 없겠지만.

……아오이는 가끔 남자의 마음을 부추기는 순진한 발언을 한단 말이지.

알고는 있지만, 갑자기 훅 들어오면 두근거리고 만다.

"오빠? 왜 그래요?"

"아니야, 아무것도. 그 옷 입은 거 정말 귀여워."

"아이참. 칭찬이 과해요……. 잠깐, 지금 말 돌린 거죠? 몸 식지 않게 하라는 얘기 중이었는데."

"아하하, 티 났어?"

"아주 많이요. 얼른 따뜻하게 입고 와요."

볼을 부풀리고 화내는 아오이가 사랑스러워서 또 웃음이 터져 버렸다.

"정말이지. 오빠는 가끔가다 칠칠치 못해서 걱정이에요. 건강에 신경 써야죠……. 혼자만의 몸이 아니니까."

"아내처럼 말하네."

"그, 그러면 뭐가 어때요! 거의 아내나 마찬가지잖아요!"

얼굴을 새빨갛게 물들인 아오이가 내 어깨를 투닥투닥 때렸다.

하긴, 맞다. 이미 아내나 다름없다. 아오이가 곁에 없는 일상은 이제는 상상도 안 된다.

내심 기분 좋아하고 있는데 아오이가 내 손을 살며시 잡더니, 그대로 얼굴을 가까이 갖다 댄다.

"아내라면 당연히 남편의 컨디션을 관리해야 한다고 생각해요."

"고마워……. 저기, 좀 가깝지 않아?"

"……저, 헌신적이고 사랑스러운 아내가 될게요."

"사, 사랑스러운 아내?!"

헌신적인 데다가 가정적이고 아이를 끔찍이 아끼는 아내. 아이와 함께 나의 퇴근을 기다려 주는 근사한 연하 아내가 되겠다니……. 아니야, 정신 차려! 아오이는 그렇게까지 말하지 않았다고!

……이건 꽤나 사랑이 넘치는 신혼부부 느낌이 드네. 그런 말을 들으니 당연히 기쁘긴 한데 부끄럽지 않은가?

이렇게 달콤한 분위기가 되면 무심코 달콤한 말을 할 것 같다. 아무 일 없었다는 듯 화제를 바꾸자.

"아, 그러고 보니 말이야……."

"유야 오빠. 저, 헌신적이고 사랑스러운 아내가 될게요!"

"왜 두 번이나 말해?!"

일이 커진 것 같다.

"오빠는 어떤 남편이 되고 싶어요?"

"그런 부끄러운 얘기는, 딱히 지금 하지 않아도……."

"흠……."

"아, 알겠어. 말할게. 아내를 아끼는 남편이 되고 싶어. 우리 둘이 함께 좋은 부부가 되도록 노력하자."

쑤, 쑥스러워……!

하란다고 하는 나는 뭐냐!

이런 나를 두고 아오이는, 눈을 반짝거리고 있다.

"유야 오빠……. 그러네요! 좋은 부부가 되기 위해서 지금부터 계획을 세워요!"

"지금부터?!"

"오빠는, 언제 결혼하고 싶어요? 저는 일찍 해도 좋지만, 남편의 의견을 존중하고 싶거든요. 아, 그래도 결혼식은 꼭 올려요! 그리고 제가 꿈꾸던 신혼집은요─."

"아, 아오이! 전에 말한 공부 모임 일정은 정해졌어?"

나는 억지로 화제를 바꾸었다.

계속 됐다가는 결혼 날짜도 대강 잡고 노후 계획까지 세우자고 할 기세야…….

"치. 좋은 부부가 되기 위한 계획까지는 이야기하고 싶었는데……."

아오이가 그렇게 불평하면서 내 질문에 대답했다.

"루미에게 언제가 좋으냐고 물어보니까 이번 주 일요일이 좋대요."

"그렇구나. 주말까지 공부하느라 고생이네. 도서관에서 하는 거야?"

"그게⋯⋯. 오빠한테 부탁할 게 있어요."

"부탁?"

"네. 루미가 집에서 공부하고 싶다고 졸라서요⋯⋯. 집으로 불러도 돼요?"

"아아, 그런 뜻이구나. 난 괜찮아. 따로 손님이 올 일도 없고."

"고마워요. 루미에게 말해 놓을게요."

아오이가 기뻐하며 휴대폰을 꺼냈다.

웬일로 루미가 공부하자고 한 건 바로 며칠 전. 숨겨 뒀던 시험지를 엄마에게 들켜 호되게 꾸중을 들은 것이 원인이었다. 다음 시험에서 평균 점수 이상을 못 받으면 봄방학부터 학원을 보내겠다는 얘기를 들었다고 한다.

이대로는 봄방학 내내 학원에 가야만 한다는 위기의식을 느낀 루미가 공부를 잘하는 아오이에게 도움을 청한 것이다.

부탁받은 아오이는, 의욕이 넘친다. 벌써 각 교과목의 핵심을 공책에 정리하면서 가르칠 준비를 완벽하게 마쳤다.

이렇게까지 적극적인 이유는⋯⋯ 물론 루미를 돕고 싶

은 마음도 있을 것이다.

그렇지만 그런 마음 이상으로 '믿음직한 어른이 되자'라는 꿈이 영향을 끼쳤으리라고 본다.

아직은 막연한 꿈일지도 모른다.

하지만 아오이라면 하고 싶은 일을 찾을 것이다. 꿈을 이룰 때까지 내가 최선을 다해 응원할 생각이다.

"──오빠? 제 얘기, 듣고 있어요?"

그러면서 아오이가 내 얼굴을 들여다본다.

"미안. 잠깐 다른 생각 했어. 무슨 얘기였어?"

"아이참, 정신 챙겨요. 미적분과 삼각 함수를 기억하냐고 물었어요."

"아아, 기억하지. 오랜만에 듣네, 고등학교 수학 범위였던가……. 어?"

왜 갑자기 나한테 수학 이야기를 하지?

"그렇다면 안심해도 되겠네요. 제가 문과 과목을, 오빠가 이과 과목을 루미에게 가르치기로 해요."

"이럴 수가. 어느 틈에 나도 선생님이 된 거야……?"

"조금 전에 물어봤었는데, 거기서부터 안 듣고 있던 거군요……. 그, 무리라면 하지 않아도 돼요. 저 혼자 가르칠게요."

"아니야, 나도 도울게. 혼자 하면 피곤하잖아. 교대로 가르치자."

수학은 자신 있는 과목인 데다 물리나 화학도 기초는 까먹지 않았을 터다. 편차치가 높은 대학교의 입시 문제만 아니라면 할 만할 듯하다.

"고마워요. 그럼, 그날 유야 선생님의 실력을 볼 수 있겠네요!"

"아하하. 부담되는데⋯⋯. 에취!"

이런. 재채기 나왔다. 몸이 식었나?

또 아오이한테 한 소리 듣겠다⋯⋯ 싶었는데 아니나 다를까, 가자미눈으로 째려본다.

"거 봐요. 한기 든다고 했죠. 웃옷을 걸치든 담요를 덮거든 해요."

"그래야 하는데, 움직이기가 싫어⋯⋯."

"익, 칠칠치 못하게. 왜 움직이기가 싫은데요?"

"음. 아오이랑 이렇게 얘기 중이니까?"

"무슨⋯⋯. 그런 건 변명이에요. 바보."

농담으로 되받아치니, 얼굴에 홍조를 띤 아오이가 '바보'를 발동했다. 고개를 홱 돌리며 가느다란 다리를 던지고는 위아래로 파닥파닥 발장구를 친다.

"정말이지. 유야 오빠는 기회만 있다 하면 저를 놀리기나 하고⋯⋯."

"미안, 나도 모르게."

"그렇게 넘어가지 말고요. ⋯⋯하아. 어떻게 해야 따뜻하게 하고 있어 줄 거예요?"

아오이가 끙 앓으며 나를 쳐다본다.

……역시 걱정을 끼치는 건 좋지 않겠지. 귀찮긴 하지만 방에서 걸칠 만한 옷을 가지고 오자.

소파에서 일어나려 하는 바로 그때였다.

"……하는 수 없네요. 이번만 특별히 해 주는 거예요?"

아오이가 나와 거리를 좁히며, 몸을 꽉 밀착해 왔다.

"아, 아오이? 갑자기 왜 그래?"

"움직이기 싫다니까 지금 이 자리에서 따뜻하게 해 줄 수밖에요."

"저기……. 무슨 뜻이야?"

"제가 아내 담요가 될게요."

"아내 담요?!"

그러니까 몸으로 따뜻하게 해 주겠다는 의미인가……!

"에잇."

사태를 파악했을 때는 이미 늦었다. 아오이가 내 허리에 팔을 두르고 꽉 부둥켜안았다.

온몸을 감싸는 여자의 부드러운 감촉. 콧속을 간지럽히는 샴푸 향기. 막 목욕하고 나와 옷 너머로도 느껴지는 따뜻한 체온. 아오이에게서 전달되는 모든 정보가 내 심박수를 올린다. 부드럽고 폭신한 잠옷을 입은 아오이라니, 공격력이 너무 세잖아.

목욕하고서 연하의 여자 친구와 보내는 달콤한 한때…….
행복하다. 계속해서 이러고 있고 싶다는 못된 생각까지 떠오른다.

하지만 아내 담요로는 식은 몸을 덥히기에는 부족했다.
이 상태로 밀착해 있다가는 둘이 사이좋게 감기에 걸리고
말 것이다.

"아오이. 그냥 웃옷 가지고 올게."

"어……. 시, 싫었어요……?"

올려다보지 마. 난 올려다보는 것에 약하단 말이야.

"오빠. 조금만 더, 이렇게 있고 싶어요. ……안 돼?"

"안 되는 건 아니지만…….."

"……안 돼?"

재차 물으며 '안 돼?'를 발동한 그 순간, 아오이가 얼굴
을 가까이 가져왔다.

밀착해 조르는 귀여움에 패배한 내게 더는 저항할 방도
가 남아 있지 않다.

"……돼. 조금만이다?"

"네. 오빠가 이렇게 옆에 있으면 마음이 놓여요."

아오이의 귀가 새빨개져 있었다. 자기가 어리광 부렸다
는 것을 깨닫고 쑥스러워졌는지도 모른다.

……이렇게 귀엽게 반응하면 놀리고 싶어진다.

"아오이 덕분에 아까보다 따뜻해진 느낌이 들어."

"그, 그래요?"

"응. 아침까지 푹 잘 수 있을 것 같아."

"아침까지요?!"

아오이가 입을 뻐끔거린다. '아침까지는 무리예요, 못해요, 못 해!'라고 얼굴에 쓰여 있다. 역시나 예상한 대로 반응이 귀엽다.

그래도 좀 노골적으로 놀린 듯하네. 얼른 사과하자.

"미안, 농담이야. 아무튼 옷 가져올 테니까 비켜 줘…….
아오이?"

아오이가 내게서 떨어지려고 하지 않는다. 얼굴을 새빨갛게 물들이고는 촉촉한 눈으로 쳐다본다.

"아오이, 왜 그래?"

"그…… 아침까지라면, 같이, 잔다는, 의미예요……?"

"같이 잔다고?!"

불이라도 붙은 양 얼굴이 달아오른다.

낭패다……. 내가 그런 상황을 상상하게 하는 발언을 하긴 했지만!

나도 모르게 잠옷 차림의 아오이가 침대에서 어리광을 부리는 모습을 망상해 버렸다……. 안 돼. 한 침대에서 아내 담요는 파괴력이 너무 커. 나는 다급하게 머릿속에서 망상을 떨쳐 냈다.

부둥켜안은 채로 말없이 서로를 쳐다본다.

어쩔 거야, 이 어색한 분위기……. 내가 놀리는 방식이
나쁘기도 했지만, 아오이의 왕성한 상상력도 문제라고!

더는 도저히 버틸 수 없어서 내가 먼저 말을 꺼냈다.

"아오이. 방금 그거, 농담이었어. 진지하게 받아들이지
마. 알았지?"

"……네."

"음……. 옷, 가져와도 될까?"

"……그러, 세요."

아오이가 내게서 떨어져 두 손으로 얼굴을 가렸다.

그 심정, 이해해. 나도 너무 두근거려서 체온이 단숨에
올라갔으니까. 솔직하게 말할까? 옷옷 필요 없어…….

둘이 사이좋게 자폭하고 밤은 그렇게 깊어져 갔다.

◆

며칠 뒤, 주말이 됐다.

오늘은 우리 집으로 루미를 불러서 공부 모임을 열 예정
이다.

거실 탁자에는 참고서와 공책이 쌓여 있다. 공부할 과목
은 영어와 현대문, 수학까지 총 세 과목이다.

"루미한테 연락 왔는데 한 5분이면 도착할 거래요."

"알겠어. ……내가 잘 가르칠 수 있을까?"

"괜찮아요. 어제 많이 풀어 봤잖아요. 거의 다 정답이었어요."

아오이가 그리 말하면서 공중에 손가락으로 동그라미를 그렸다.

어제 이과 과목을 가르칠 수 있을까 불안해진 나는, 시험 범위에 해당하는 문제를 풀어 봤다.

아오이가 말한 대로 결과는 거의 만점이었다. 다른 이과 과목도 풀어 봤는데 정답률은 90% 이상이었다.

내용은 기억하는 듯해서 마음이 놓인다만, 가르치는 건 또 다른 기술이 필요하단 말이지······.

긴장을 풀고자 한숨을 쉬니, 아오이가 웃었다.

"후후. 그렇게 불안해요?"

"조금. 제대로 못 가르치면 루미한테 미안하잖아."

"자신감을 가져요. 수학은 저보다 점수가 높았잖아요."

"고마워. 아오이는 수학뿐만 아니라 전반적으로 성적이 좋다니, 대단해."

"그, 그렇지는······. 공부는 좋아하기도 하고, 그렇게 힘들지 않으니까요."

"아하하. 그거, 뭔지 알 것 같아. 좋아하는 마음이 원동력이 되기도 하지."

"맞아요. 제가 공부를 열심히 할 수 있는 건, 좋아하는 사람의 덕분이기도 하고요."

"좋아하는 사람 덕분이라고?"

그렇게 묻자, 아오이가 얼굴을 불그스름 물들였다.

"그게……. 오빠처럼 연상의 남자한테는, 현명한 성인 여성이 어울리니까요……. 공부를 소홀히 할 수 없어요."

뭐……? 열심히 공부하는 게 그런 이유였어?!

쑥스러워하며 예고도 없이 투하한 발언에 놀라, 맞장구도 못 쳤다. 그 때문에 묘한 침묵이 이어지고 있다.

이상해. 분명 공부 이야기를 하고 있었는데 어느 틈에 이런 핑크빛 분위기가 됐지……?!

모르겠어……. 현명한 성인 여성이라는 게 뭐지? 공부하면 될 수 있나?

애초에, 나와 잘 어울리는 여자가 있다면, 그 사람은 나를 잘 챙겨 주고 가정적인 어리광쟁이 여자로 정해져 있다. 즉, 아오이 말고 다른 사람은 생각할 수 없다. ……아니, 난 또 왜 팔불출 발언을 하고 있냐!

아오이는 지금 얼굴이 새빨개져 울먹거리고 있다. '왜, 왜 아무 말도 안 해요! 바보!'라고 말하는 듯하다.

……매번 있는 일이지만, 뭔가 말하지 않으면 이 분위기가 계속될 것 같다.

"그, 그래……. 나도 아오이와 똑같아. 네가 옆에 있어 줘서 열심히 일할 수 있는 거야."

"하으윽……!"

내게서 시선을 돌리고 부끄러워하는 아오이.

왜 아무 말도 안 하는 거야. 이러면 핑크빛 분위기를 내가 만든 것 같잖아. 먼저 내 덕이라면서 시작한 건 너다?

다시 정적이 찾아오려 하는데 인터폰이 울렸다. 분위기를 환기해 줄 루미가 우리 집에 온 것이다.

"헉! 루미가 왔어요!"

"좋아, 마중 나가자!"

우리는 달짝지근한 분위기에서 벗어나려 하듯이 달려 나갔다.

현관문을 연다.

문 너머에는 사복을 입은 루미가 있었다.

"나 왔어! 안녕, 아옷치, 유야 오빠! 오늘 과외 해 줘서 고마워. ……응? 두 사람, 얼굴이 좀 붉지 않아?"

루미가 나와 아오이의 얼굴을 번갈아 본다.

그러고는 씩 웃으며 아오이의 어깨를 툭 친다.

"아옷치. 방금까지 오빠와 분위기 좋았구나?"

"무, 무, 무, 무, 무슨 소리예요……!"

"아, 그 반응 뭐야. 귀여운 표정을 하고서는, 야해라."

"아이참! 그런 거 아니거든요!"

아오이가 반박하지만, 루미는 웃으며 무시한다.

"아하하……. 루미. 현관에 서 있지 말고 들어와."

"고마워요, 오빠. 실례합니다."

"루미, 도망치지 마요! 얘기가 아직 안 끝났다고요!"

"꺅! 아웃치가 덮친다!"

"익! 공부하기 전에 설교부터 해야겠어요!"

아오이와 루미가 쿵쾅쿵쾅 발소리를 내며 거실을 뛰어다닌다.

후. 때마침 루미가 와 준 덕에 어떻게든 넘긴 거…… 맞나? 아니, 분위기 좋았던 거 들켰는데?

"……너무 창피해."

적어도 지금부터는 평소처럼 행동하자.

나는 그런 맹세를 하며 거실로 향했다.

◆

아오이의 잔소리가 끝나고 바로 공부를 시작했다. 내 옆에는 아오이가, 맞은편에는 루미가 앉았다.

"저요! 아웃치 선생님!"

루미가 기세 좋게 손을 들었다.

"루미. 왜요?"

"질문이 있습니다! 어느 과목부터 공부하나요?"

루미의 질문에 아오이가 선생님 표정을 흉내 낸다.

"좋은 질문이군요."

루미가 친 상황극을 받아 주며 선생님 캐릭터를 연기하

는 아오이.

"수학부터 하죠. 루미가 가장 좋아하는 과목이라고 했으니까요."

"아하하, 잘하지는 못하지만. 그래도 수식 같은 거 보면 왠지 귀엽지 않아? 괄호로 묶인 영어 철자가 이모티콘 같아서."

수식이 귀여워……?

그렇구나. 그런 발상은 안 해 봤네. 듣고 보니 이모티콘처럼 보이는 수식도 있었던 듯하다. 루미다운 독특한 관점이다.

"그런데 아옷치, 시험 범위가 어디 of 어디야?"

"시험 범위부터 묻는 건가요……. 잘 들어요. 이번 시험은 기말고사라서──."

아오이의 설명을 정리하면 시험 범위는 3학기인 1월부터 3월까지 배운 내용에, 요즘 배우는 학습 범위에서도 일부 출제된다고 한다. 거의 전 범위라고 해도 과언이 아니다.

다만 3학기에 공부한 단원에서 출제되는 비중이 크다고 미리 알려 줬다고. 즉, 3학기에 배운 단원을 중심으로 공부하는 게 효율이 좋다는 뜻이다.

"시험 범위가 꽤 넓구나. 큰일이네, 루미."

"그러니까요. 공부 못하는 저를 위로해 줘요!"

으앙, 우는 시늉을 하는 루미가 웃겨서 우리는 웃음이
터졌다.

"아하하. 나도 도와줄 테니 힘내자."

"네? 도와준다니……. 오빠도 가르쳐 줄 거예요?"

"응. 이과 과목만. 문과 과목과 영어는 아오이가 가르쳐
준대."

"대단하다! 몇 년이나 전에 배운 걸 기억하는구나! 멋있
어요!"

"몇 년이나 전……?"

루미는 순수하게 칭찬한 건데 세대 차이가 느껴져서 마
음이 아프다.

그렇구나. 내가 고등학생 2학년이었을 때가 벌써 8년 전
이니까…….

약간 침울해하는데 아오이가 기쁜 듯이 루미에게 말을
건다.

"제 얘기 좀 들어 봐요, 루미. 유야 오빠가요, 수학 문제
를 막힘없이 풀지 뭐예요."

"헤에, 되게 의기양양하게 얘기하네? 남자 친구 자랑하
는 거야?"

"아, 아니에요! 한참 전에 배운 건데도, 여전히 문제를
잘 풀어서 굉장하다고 생각했을 뿐이라고요!"

"한참 전……?"

조금 전보다 더한 추가타가 내 가슴을 후벼 판다.

성인이 되면 학창 시절은 한참은 예전 일이 되고 마는 것인가. 나는 아직 스물다섯인데⋯⋯. 고등학생이 보는 스물다섯 살은 이제 젊지 않은 건가?

의기소침한 나를 두고서, 아오이는 얘기를 원점으로 돌렸다.

"그럼, 바로 공부를 시작하죠."

"응! 잘 부탁할게, 아웃치! 유야 오빠도 잘 부탁해요. ⋯⋯왜 그래요? 기운이 없네요."

"아니야, 아하하⋯⋯."

새삼 나이 차이를 느끼고 빈사 상태가 됐다고는 말 못 한다.

나는 웃으며 얼버무렸다.

수학은 내가 가르치기로 했다. 마주 보고는 가르치기가 힘들어서 루미 옆으로 이동했다.

"루미. 미분법이라는 단원을 공부한 거, 혹시 기억해?"

"음, 기억이 나는 것도 같고⋯⋯. 귀여운 수식 나와요?"

"글쎄. 우선 간략하게 복습해 볼까?"

"네~."

루미의 속도에 맞춰서 예제를 자세하게 설명한다. 공부를 시작하기 전에는 장난스럽게 굴던 루미도 지금은 진지하게 설명을 듣는다.

그 뒤, 몇 문제를 풀어 보게 시켰는데, 루미는 쉽게 정답을 도출했다.

공부를 못한다고 생각했는데 실제로는 아니었다. 루미는 그저 기초와 공식을 몰랐을 뿐이었다. 이해력이 있고 흡수력도 좋다. 연습 문제라고는 해도 간단히 풀 정도니, 공부를 못하는 건 아니다.

집 안에 종이를 써 내려가는 펜 소리만이 울려 퍼진다. 집중해서 공부에 열중한 모양이다. 이대로 진행된다면 기말고사에서 좋은 점수를 받지 않을까?

"응? 뭐지?"

속으로 감탄하는데 루미가 의문스러워하는 목소리로 말했다.

"오빠. 여기, 잘 모르겠어요."

"응? 어디?"

"이거요, 이거, 이 문제."

루미가 내 쪽으로 붙어서 문제집을 보여 준다. 루미는 신경 쓰지 않는 듯했으나, 나와 루미의 어깨가 닿을 정도의 거리였다.

이 상황은 별로 좋지 못하다.

왜냐하면…….

"뚱…….'

아오이가 언짢아하며 볼을 부풀리고는 이쪽을 노려보고

있으니까. 우리의 거리가 가까워서 질투하는 것이다.

의자를 살짝 움직여서 어깨가 안 닿을 정도의 거리를 확보했다.

그러나 공부에 몰두한 루미가 아랑곳하지 않고 다시 내게 붙어 오며 질문한다.

"오빠. 여기요, 어떻게 이 식으로 바꿀 수 있는 거예요?"

"아아. 그건 말이지, 이건 이래서……."

"아, 이 공식이구나! 오빠, 수학 천재 아니에요? 엄청난데요."

"잘하는 과목이니까……. 저기, 루미. 조금만 떨어져 주면 고맙겠어……."

"네? 저는 별로 신경 안 쓰는데……. 아하, 알겠다."

루미가 내가 왜 이러는지 알아차린 모양인지 내 얼굴을 올려다보았다.

"유야 오빠는 공부도 잘하고, 자상하고, 멋있고……. 정말 다 가졌네요."

"응? 갑자기 무슨 소리야?"

"부러워라……. 오빠, 제 오빠가 되어 줘요."

"오, 오빠? 내가?"

"네. 유야 오빠 같은 오빠가 생긴다면…… 저, 맨날 어리광 부릴 거예요."

덜컹!

의자를 세게 밀며 일어나는 소리가 난다 했더니, 아오이가 벌떡 일어섰다. 그러고는 그대로 나와 루미 뒤로 이동한다.

"그만, 해요!"

"으앗!"

"꺅!"

아오이가 나와 루미 사이에 몸을 욱여넣으면서 끼어들었다.

"수학 공부는 이제 끝이에요, 루미! 다음은 영어 공부를 하죠!"

"에이. 이제야 재미있어지려던 참이었는데 말이야. 유야 오빠가 좀 더 가르쳐 줬으면 좋겠는데."

"아, 안 돼요! 유야 오빠를 루미의 오빠로 삼지 말아요!"

"왜?"

"왜냐하면…… 유야 오빠한테 동생이 생기면, 제게, 마음 써 주지 않게 될 테니까요…….."

아오이가 얼굴을 붉게 물들이면서 말을 이었다.

"오빠. 저 말고 다른 여자가 어리광 부리게 두면 '맴매'할 거예요?"

그렇게 주의를 주는 아오이.

달짝지근한 속마음이 여과 없이 흘러나오고 있는데…….. 나랑 단둘이 있을 때면 모를까, 루미가 있다고. 괜찮아?

나는 루미를 힐끔 봤다.

"나왔다! 귀여워! 응석꾸러기 모드인 SSR 아웃치!"

루미가 호들갑을 떨었다.

내게는 일상다반사인 어리광이지만, 루미에게는 보기 드문 모습인가 보다.

"유야 오빠. 대답 안 해요?"

아오이가 내게 얼굴을 가까이 가져와서는 새침하게 물었다.

"알겠어. 조심할게."

루미처럼 '나왔다!'라며 외칠 수도 없는 노릇이다. 나는 가드가 느슨해지지 않게끔 태연한 표정을 지었다.

◆

그 뒤, 아오이는 루미에게 영어를 가르쳤다. 교과서를 읽으며 문법을 해설하는 모습은 거의 영어 선생님 그 자체였다. 발음도 좋고 매끄러웠다.

아오이가 말하기를, 영어는 모친인 료코 아주머니에게 배웠다고 한다. 아주머니는 해외에서 일하시는 경우도 많았으니, 분명 영어가 유창하시리라.

한편, 루미는 처음에는 좀 집중하다가 점점 의욕을 잃어 갔다. 수학과 달리 영어 문법은 외워야 하는 편이라 지루

한 걸지도 모르겠다.

한 시간 정도 지났을까. 루미는 드디어 펜을 놓아 버렸다.

"아오이~ 영어 너무 재미없어. 지루해서 이제 포기!"

그렇게 말하고는 테이블 위로 푹 쓰러진다.

"더는 못 하겠어. 가정법 너무 어려워. 너무너무 복잡하다람쥐."

"웬 다람쥐를 찾아요? ……아무튼 봐요. 어려운 건 'if'가 생략된 가정법이라서 이건 올바른 순서를 맞히는 문제로 출제돼요. 기본인 가정법 현재, 가정법 과거, 가정법 과거 완료 문제는 그렇게 어렵지 않아요."

"나왔다, 가정법 잰말놀이. 머리 이상해지니까 그만해."

"잰말은 아닌 것 같은데요……."

"그럼 빨리 말해 봐."

"좋아요. 가정법 현재, 가정법 과거, 가정법 가과왕뇨. ……웃!"

"아하하! 아웃치 틀리는 것도 귀여워 죽겠어!"

"이, 이번 건 무효예요! 이번에야말로 꼭 성공해 보이겠어요!"

루미의 화술에 넘어가 이야기가 딴 길로 새었다. 아무래도 아오이도 집중력이 다한 듯하다.

나는 두 사람이 잰말놀이로 웃고 떠드는 사이에 마실 것을 준비했다.

"아오이, 루미. 잠깐 쉬는 게 어때? 때마침 커피도 내렸 거든."

"고마워요. 루미, 잠깐 쉴까요?"

"야호! 나, 집에서 쿠키 가져왔어. 커피랑 같이 먹자."

루미가 가방에서 포장 꾸러미를 꺼내 탁자에 놓았다.

투명한 봉지에 별과 하트 모양 쿠키가 들어 있다. 봉지에는 영어 문구가 쓰여 있어 꽤 고급스러워 보였다. 빨간 리본으로 묶은 것도 아기자기하다.

"먹음직스러워 보이네. 루미, 이거 어디서 팔아?"

"유야 오빠, 역시 안목이 뛰어나네요! 이건 제가 손수 만든 거랍니다."

"뭐, 정말?!"

수제인데 이 정도 퀄리티라고? 보기에는 양과자점에서 파는 쿠키인 줄 알았다.

"굉장한걸. 루미는 쿠키를 잘 만드는구나."

"그래요? 헤헤, 쑥스럽네요. 집에서 자주 구워요."

루미가 손으로 볼을 긁적거리며 쑥스러운 듯 웃었다.

"이제 곧 밸런타인데이잖아요. 신고에게 직접 구운 쿠키를 선물해 주고 싶거든요. 그래서 요즘 기합 넣고 연습 중이에요."

그렇구나. 남자 친구를 위해 열심히 노력하고 있구나.

아오이는 곧잘 놀리면서, 루미와 신고도 사랑이 넘치네.

"그런고로, 이건 시험작이에요. 한번 먹어 봐요."

묶인 리본은 풀어 하트 모양 쿠키를 꺼냈다.

입에 넣으니, 버터 향이 확 퍼졌다. 식감은 바삭하고 맛도 부드럽다. 커피와도 아주 잘 어울린다.

"루미, 맛있어. 그렇지, 아오이?"

"네, 파는 쿠키 같아요. 다음에 굽는 법 가르쳐 줄 수 있어요? 저는 쿠키를 구워 본 적이 별로 없어서……."

"물론이지. 그러면 밸런타인데이 쿠키를 같이 만들자."

"잠깐만요, 그걸 왜 말해 버리는 거예요! 오빠한테 서프라이즈로 주려고 했는데……!"

"아하하. 미안해."

쿠키 이야기로 떠들썩한 아오이와 루미를 보면서 문득 밸런타인데이를 상상한다.

내 생일날, 아오이는 서프라이즈로 성대하게 축하해 주었다. 밸런타인데이에도 그런 근사한 하루를 보내는 걸까 생각하면, 벌써 가슴이 설렌다.

"오빠? 왜 그렇게 웃고만 있어요?"

아오이의 지적에 정신이 돌아왔다.

이런. 나도 모르게 히죽거리고 말았다. 루미도 있으니 자중해야지.

"하하하……. 밸런타인데이도 생일날처럼 즐겁게 보내면 좋겠다고 생각한 것뿐이야."

웃으며 얼버무리니, 맞은편에 앉은 루미가 탁자 쪽으로 몸을 쑥 내밀었다.

"그러고 보니 오빠한테 못 들었어요! 생일날, 아옷치의 메이드 코스프레 어땠어요?"

"어, 어?! 루, 루미 네가 그걸 어떻게 알아?"

"어떻게 알긴요, 의상을 골라 준 사람이 저인걸요."

아……. 그러고 보니까 그날, 아오이는 루미와 함께 역 빌딩에서 쇼핑했다고 했지.

그 메이드복은 루미의 센스였던 건가.

"그래서요? 소악마 메이드 차림의 아옷치를 본 감상은?"

"음……. 귀여웠어."

섹시해서 가슴이 두근거렸다고는 말 못 한다. 지금은 무난하게 '귀여웠음'을 강조하자.

그러나 루미는 납득이 안 가는 모양이었다. 입술을 비죽 내밀고는 가자미눈으로 나를 노려본다.

"우우. 유야 오빠, 거짓말하면 못써요."

"거짓말 아니야. 잘 어울렸고 귀여웠다니까."

"아옷치한테 다 들었거든요? 다리를 아주 뚫어져라 봤다면서요."

"그런 얘기까지 할 필요는 없지 않아?!"

난 아오이를 노려봤다.

"엉큼한 건 맴매, 예요."

그러자 아오이는 오히려 주의를 주었다. 여고생 다리 페티시가 있는 회사원으로 보이는 건, 너무 창피하잖아……!

내 반응이 재미있는지 루미가 폭소한다.

"아하하! 유야 오빠도 그런 취향이 있었구나. 다음부터는 데이트할 때, 니 삭스를 신어 달라고 해요. 아니면 가터벨트가 좋아요?"

"요 녀석, 어른을 놀리는 거 아니야."

"아하하, 죄송!"

혀를 살짝 내밀며 웃는 루미. 전혀 반성하지 않는단 말이지?

"아무튼 유야 오빠가 기뻐해서 다행이에요. 그렇지, 아오치?"

"네. 그……. 오빠가 원하면 또 입어 줄 수도 있어요."

"아니지, 아니야. 남자는 말이야, 좀 더 야한 걸 좋아한다고."

"야, 야한 거요?! 저, 저기……. 조금 정도는, 야한 것도 괜찮은데……."

"안 괜찮거든?!"

그 메이드복보다 야한 옷이라니, 대체 어떤 옷을 생각하는 거야. 노출 면적이 넓어질까 봐 걱정이다.

"잘됐네요, 유야 오빠! 아오치가 야한 옷을 입어 준대요!"

"……루미. 이런 얘기는 이제 그만하자."

여고생에게 놀림당하는 사회인 남자의 기분을 헤아려 주었으면 한다.

"오케이, 오케이. 그러면 무슨 얘기를 할까요? 미래의 지구 환경에 관해서? 그러면 아웃치가 먼저 에너지 문제에 대해 어떻게 생각하는지 말해 보자!"

"스케일이 너무 크잖아요……. 그래도 미래에 대한 이야기는 좋을지도요. 진로에 관한 건 어때요?"

진로라. 마침 시기적절한 화제로군.

아오이 동년배의 친구가 진로에 관해 어떤 생각을 하는지…… 나도 알아 두고 싶다.

"진로 얘기가 나와서 말인데. 실은 나, 꿈이 있어."

루미가 부끄러워하면서 말을 꺼내자, 아오이가 놀라며 눈을 휘둥그레 떴다.

"그래요? 몰랐어요."

"딱히 숨긴 건 아니야. 그냥 꿈이라든가, 이런 얘기를 하는 게 좀 부끄럽다고 해야 하나."

"부끄러워하지 않아도 돼요. 목표가 있다는 건 멋진 일이에요. 존경해요."

"아웃치……. 아이참! 어쩜 이렇게 착한 거야!"

"잠깐만요, 껴안지 말아요!"

기뻐서 부둥켜안는 루미와 난감한 표정으로 주의를 주는 아오이. 사이좋은 두 사람이 대화하는 모습은 이제는 아주 익숙한 그림이다.

"그래서, 루미는 꿈이 뭔데요?"

"어, 말하려니 부끄럽네……. 안 웃을 거지?"

"안 웃어요. 안심해요."

"……나, 미용사가 되고 싶어."

"미용사요?!"

아오이가 놀라 되물었다.

"그러면 전문 대학으로 진학하는 거예요?"

"응, 그럴 생각이야. 괜찮아 보이는 미용 학교 몇 군데를 점찍어 뒀어. 그쪽으로 가려고."

"굉장하네요. 학교까지 정했군요……."

"응. 그래서 학원 다닐 필요가 없는데. 엄마가 왜 이렇게 스파르타로 공부를 시키는지 정말 알 수가 없다니까!"

뾰로통한 얼굴로 푸념하는 게 웃겨서 나도, 아오이도 웃었다.

미용사라……. 꾸미는 걸 좋아하는 루미다운 꿈이라고 생각한다.

그리고 무엇보다 이 시기에 진로를 명확하게 정한 것에 놀랐다. 내가 고등학교 2학년일 적에는 장래 따위는 전혀 생각하지 않았으니까.

루미는 왜 미용사가 되고 싶은 걸까? 조금은 흥미가 생긴다.

"있잖아, 루미. 미용사를 꿈꾸게 된 계기 같은 게 있어?"

"있어요. 저한테 나이 차이가 나는 여동생이 있는 거 알죠? 아, 유야 오빠는 모르는구나?"

"처음 들어. 이름이 뭐야?"

"히나요. 볕 양(陽)에, 유채꽃 할 때 채(菜) 자를 딴 한자를 쓰고요. 올해 여섯 살이라 곧 유치원을 졸업해요."

"헤에. 나이 차이가 꽤 많이 나는구나. 그래도 그만큼 귀엽지 않아?"

"귀여워 미쳐요. 히나는 천사라고요."

루미가 '에헤헤' 웃고는 말을 이었다.

"아무튼, 제가 히나의 머리를 잘라 주는데요. 자르고 난 뒤에 히나가 항상 '언니, 귀엽게 잘라 줘서 고마워!'라고 말해 주거든요. 그 말을 듣는데 뭐랄까, 되게 기쁘더라고요."

루미 본인은 눈치 못 챘을지도 모르지만, 동생 이야기를 하는 루미는 행복한 표정을 짓고 있다.

실제로 만나 본 적은 없지만, 사이좋은 자매일 것 같아.

"히나에게 고맙다는 인사를 들었을 때, 생각했어요. 내가 잘하는 거로 사람들을 웃게 해 주는 일을 드디어 찾았다고."

"그렇구나……. 히나가 계기를 만들어 줬구나."

절로 미소가 지어지는 기분 좋은 이야기였다.

루미는 과거의 체험이 진로를 정하는 데 결정적인 영향

을 끼친 건가. 아오이도 그런 게 있으면 좋을 텐데, 어쩌려나.

"루미, 얘기해 줘서 고마워. 좋은 언니구나."

"어? 그, 그래요?"

"응. 히나가 언니를 잘 따르는 게 전해졌어. 그렇지, 아오이?"

"네. 만난 적은 없지만, 분명 루미를 정말 사랑하는 동생이라고 생각해요."

"과, 과장은. 나는 그냥 히나가 귀여울 뿐이라고!"

"후후. 루미, 쑥스러워요?"

"뭐, 뭐라는 거야! 자, 휴식 끝! 공부하자, 아오이, 유야 오빠도요!"

루미가 갑자기 쉬는 시간을 끝내고 공부를 재개해 버렸다. 루미의 옆얼굴이 살짝 발그스름하다.

멋쩍은 걸 감추려는 건가……. 평소에 이런 표정을 보이지 않아서 신선하다.

나와 아오이는 서로를 마주 보며 몰래 웃었다.

"아하하. 루미도 귀여운 구석이 있네."

"후후후. 학교에서도 멋쩍은 걸 감추려고 가끔 이런답니다?"

"이봐요들! 시시덕거리지 말고 얼른 공부 가르쳐 줘요!"

화제를 바꾸려 필사적인 루미를 보고 우리는 또 웃고 말았다.

◆

"하아. 피곤해."

루미가 펜을 놓고 크게 탄식했다.

시간은 오후 6시를 넘기고 있다. 한 번 쉬긴 했지만, 쉬고 나서는 계속 공부했다. 피곤할 만도 하다.

"수고했어요, 루미. 열심히 했네요."

"고마워. 봄방학에는 아웃치와 놀아야 하니까. 얼마든지 열심히 할 수 있어."

"그, 그렇군요……."

"오, 겸연쩍어한다. 아웃치, 쉽네~. 줄여서 쉬웃치!"

"아이참, 루미!"

아오이와 루미가 또다시 장난치기 시작했다. 피곤하다더니 아직 기운이 남은 듯하다.

"루미. 괜찮으면 저녁 먹고 가지 않을래요?"

"정말? 아웃치가 차리는 저녁 식사라니, 정말 정말 먹고 싶지만…… 미안해! 저녁에 히나하고 놀기로 약속했어."

루미가 손바닥을 맞부딪히며 미안함을 표현했다.

"후후. 역시 좋은 언니네요. 장해요."

"웃! 쑥스러우니까 그만해!"

"……노는 건 좋은데 복습도 해야 해요?"

"알겠어. 자기 전에 할게."

"꼭이에요? 다음에 확인할 거예요."

"에이! 아웃치, 심술쟁이! 악마! 악맛치!"

"누가 악마예요!"

"그, 그렇게 화내지 마. 자습도 해 올 테니까. 응?"

아오이가 화내자, 루미는 쩔쩔맸다. 보아하니 아오이 선생님은 교육 방침이 엄격한 듯하다.

루미를 지그시 보던 아오이가 표정을 풀었다.

"알겠어요. 루미를 믿을게요."

"휴……. 그나저나 아웃치, 너무 무섭다. 미래에, 교육에 극성맞은 엄마가 되는 거 아니야?"

"아뇨. 저희 집 교육 방침은 구김살 없이 키우기예요."

"어엉?!"

너무 놀라서 나도 모르게 이상한 소리를 내고 말았다.

거짓말이지? 아오이는 벌써부터 교육 방침에 관해 생각하고 있는 건가……?!

아무리 그래도 너무 이르잖아. 결혼도 아직인 데다 출산은 더 멀었는데……. 그나저나 구김살 없이 키운다니 언제 정한 거야? 나도 끼워 주면 안 될까?

루미도 나와 비슷하게 느꼈는지 얼굴을 붉게 물들이고 '흐, 흐음……'이라면서 맞장구치고는 입을 다물어 버렸다.

루미, 멋쩍어하지 마! 지금은 평소처럼 놀리는 게 더 낫다고!

"······? 루미, 왜 그래요?"

당사자는 고개를 갸웃하고 있다. 자기가 무슨 이상한 소리라도 했냐고까지 묻는다. 매번 생각하지만, 자각도 없이 훅 치고 들어오는 거 그만하자, 응?

"아하하······. 그렇지. 루미, 집까지 바래다줄게."

화제를 바꾸자, 루미가 씩 웃었다.

"고마워요, 유야 오빠. 말은 고맙지만, 가까우니까 괜찮아요!"

"그냥 보낼 수는 없지. 밖이 이미 어두운걸. 여자니까 밤길은 조심해야지."

"정말요? 그렇다면 기꺼이 호의를 받아들일까나. 에헤헤, 오빠는 신사네요. 다정해!"

"또, 또 놀린다······. 아오이도 같이 갈 거지?"

"뚱······."

아오이가 하고 싶은 말이 있는 듯한 얼굴로 이쪽을 보고 있다.

저건 토라진 표정이군······. 혹시 내가 루미를 다정하게 대한 게 언짢은 걸까?

곤란하게 됐네. 루미를 혼자 집에 가게 할 수는 없다. 그렇다고 아오이의 기분을 상하게 하는 것도 싫은데······.

그런 생각을 하는데 루미가 손뼉을 짝 쳤다.

"참! 유야 오빠, 우리 전화번호 교환해요."

"아아. 그러고 보니 모르는구나."

"있잖아요. 공부하다가 모르는 거 있으면 물어보고 싶은데, 괜찮아요?"

"그래, 괜찮아. 마음껏 물어봐."

"정말요? 고마워요. 잘됐다!"

휴대폰을 조작해 루미와 전화번호를 교환한다.

"빠……."

……아오이가 조금 전부터 계속 쳐다본다.

전화번호를 교환하는 것도 마음에 안 드나……. 하지만 상대는 아오이의 친한 친구인 데다 남자 친구와 사랑이 넘치는 루미인데?

이렇게 질투할 줄은 예상치 못했다. 기회를 봐서 풀어 줘야지.

전화번호 교환을 마친 우리는 루미의 집으로 향했다.

셋이 나란히 주택가를 걷는데 정면에서 밤바람이 불어온다. 바람이 차서 나도 모르게 몸이 떨렸다.

장갑을 끼고 와서 다행이군.

"하아, 하아……."

내 옆에서 걷는 아오이는 손끝에 숨을 불고 있었다. 날이 이렇게 추운데 장갑을 끼는 걸 깜박했나 보다.

"아오이. 따뜻한 캔 커피라도 마실래?"

가는 길에 자판기에서 살 수 있으니, 가지고 있기만 해도 손이 따뜻해질 것이다. 언 손끝을 녹이기에 딱 좋다.

그렇게 생각했는데…….

"아뇨. 신경 쓰지 마요."

거절당했다.

캔 커피를 못 마시지는 않을 텐데……. 아직 토라져 있는지도.

잠시 더 걷자, 루미가 어느 단독 주택 앞에 섰다. 문패에는 '칸베'라고 쓰여 있다.

"도착~. 바래다줘서 두 사람 다 고마워요."

"루미. 복습해야 해요? 그리고 노는 것도 좋지만, 게임은 하루에 한 시간만 하고요. 밤늦게까지 자지 않는 것도 안 돼요. 그러면 뇌가 쉬지를 못하니, 피부에도 좋지 않아요. 또……."

"나왔다, 설교쟁이 아웃치! 줄여서 설곳치!"

"설교가 아니에요. 약속, 꼭 지켜요. 알았죠?"

"알겠어. 유야 오빠도 고마워요! 나중에 문자 보낼게요!"

"그래. 또 보자, 루미."

인사를 나누고 다시 길을 되돌아간다.

단둘이 되자마자, 아오이는 다시 입을 다물어 버렸다.

이렇게까지 말수가 없는 건 드문데……. 얼른 사과하는

게 좋겠어.

"저기, 아오이――."

"오빠, 아까는 미안했어요."

아오이가 갑자기 멈춰 서서 나보다 먼저 사과했다.

"나야말로 미안. 아오이 앞에서 루미에게 너무 다정하게
했어."

"아뇨. 오빠는 당연한 일을 한 것뿐이에요. 제가 질투했
을 뿐⋯⋯. 너무 유치하죠."

"아니야."

"맞아요. 오빠는 옳은 행동을 한 건데 이해하지 못하고
삐쳤으니까요⋯⋯."

"아오이⋯⋯."

"오빠가 저를 특별하게 대해 준다고 믿고 있는데, 누구
한테나 다정하게 구는 건가 싶어서 불안해졌어요⋯⋯."

"그렇지 않아."

생각보다 말이 먼저 나갔다.

"나한테 아오이는 특별한 사람이야. 남들한테 다정하
게 대하는 것과 좋아하는 사람에게 애정을 쏟는 건 전혀
달라."

말하고 나서 헉했다.

방금, 꽤 오글거리는 발언을 한 거 아닌가?!

"⋯⋯그, 그런가요."

어지간히도 부끄러운지 아오이의 얼굴이 새빨개졌다. 나를 올려다보면서 당장에라도 응석을 부릴 듯한 분위기다.

"있잖아요…… 오빠한테, 저는 특별한 존재인 거죠?"

"……나는 그렇게 생각하는데?"

"그러면 그렇다는 것을, 태도로 보여 줬으면 해요……. 안 돼?"

태도로 보여 달라.

음. 생각보다 어려운 부탁인걸…….

"……응?"

순간 시선이 아오이의 시려 보이는 손끝에 머무른다. 집에 있을 때는 혈색이 돌았는데 지금은 눈처럼 희다.

나는 내 왼손에 낀 장갑을 벗었다.

"아오이. 왼손 좀 줄래?"

"네. 이렇게요?"

벗은 장갑을 아오이의 왼손에 끼워 주었다.

"오빠……. 고마워요. 근데 이러면 오빠의 왼손이 추울 텐데요?"

"이러면 돼."

내 왼손과 아오이의 오른손.

장갑을 끼지 않은 쪽의 손을 맞잡으면 추위 따위.

"이런 행동은 좋아하는 사람한테만…… 아오이니까 하는 거야."

"유야 오빠……. 후후. 어쩔 수 없죠. 기분 풀어 줄게요."

그렇게 말하며 아오이는 기쁜 듯이 웃었다.

"손이 많이 얼었어."

"오빠 손은 따뜻해요. 그래서 딱 좋아요."

마치 '놓지 않을 거예요'라고 말하는 듯, 아오이는 맞잡은 손에 힘을 주었다.

나도 아오이의 작은 손을 꽉 잡았다.

"아오이, 그만 갈까?"

"조금만 더, 이렇게 있고 싶어요. 집에는 천천히 가요."

"……응. 그러자."

우리는 꼭 달라붙어서 작은 걸음을 옮겼다.

◆

며칠 뒤, 2월이 되었다.

지난번에 공부한 날 이후로 루미는 정기적으로 아오이와 공부 모임을 연다. 방과 후에 도서관이나 학교의 빈 교실을 이용해서 시험공부 중이라나.

또 루미는 아오이와 한 약속을 지켜, 집에서도 자습한다고 한다. 내 휴대폰으로도 '오빠, 이 문제 가르쳐 줘요!'라며 자주 연락이 온다. 열심히 공부하고 이해력도 있으니, 기말시험 성적을 기대해도 괜찮을 듯하다.

공부도 공부지만, 오늘은 밸런타인데이. 루미도 공부를 머리에서 지우고 남자 친구와 즐거운 시간을 보내고 있지 않을까.

나도 오늘은 정시에 퇴근하려고 굳게 마음먹었다. 아오이가 '저녁은 오빠가 가장 좋아하는 함박스테이크예요'라고 했기 때문이다.

아오이가 만드는 함박스테이크는 무척이나 맛있다. 풍미가 진한 데미그라스 소스. 젓가락이 들어간 순간 쫙 흘러넘치는 육즙. 부드러우면서도 씹는 맛도 있는 절묘한 식감. 일류 요리사가 만들었다고 해도 믿을 듯한 맛이다.

이런. 생각했더니, 벌써 배가 고파 오네. 얼른 집에 가서 아오이가 손수 만든 요리를 먹고 싶어라.

……정신 차리자, 아침부터 아오이 칭송을 할 때가 아니야. 머리를 업무 모드로 전환해야지.

출근해 바로 컴퓨터를 켜고 오늘의 예정과 진행할 업무를 확인한다.

해야 할 일을 정리하는데 치즈루 씨가 말을 걸었다.

"좋은 아침, 유야. 아침부터 열심히 일하네."

"좋은 아침입니다. 열심히 일한다기보다, 오늘——."

"정시 퇴근 해서 아오이와 즐거운 시간을 보내고 싶어서 업무 순서를 꼼꼼하게 짜고 있는 중…… 맞나?"

"마, 맞습니다. 어떻게 아셨어요?"

"오늘은 밸런타인데이잖아. 그 정도는 알 수 있지."

"역시 추리력이 대단하시네요. 탐정이 더 잘 맞으시는 거 아니에요?"

"흠. 탐정 드라마는 싫어하지 않지만……. '365일 달구경 하며 한잔! 알딸딸 탐정, 츠키시로 치즈루'라는 드라마 제목은 어때? 유야는 왓슨 역에 캐스팅하기로 하지."

득의양양하게 가공의 서스펜스 드라마를 만들어 내는 치즈루 씨. 왓슨 역할이 아니고 주정뱅이의 시중을 들게 될 것 같은 기분이 든다.

"……치즈루 씨, 오늘 아침은 기분이 좋으시군요. 좋은 일이라도 있으세요?"

"티가 나? 실은 이이즈카에게 받을 초콜릿이 기대돼서 말이야."

"아, 그러네요. 이이즈카 씨는 매년 밸런타인데이 초콜릿을 돌리시죠."

이이즈카 씨는 제과가 취미라, 매년 수제 초콜릿을 주신다. 보기에도 잘 만드는 데다 맛있다. 회사 내에서도 호평 일색이다.

"게다가 나한테 주는 초콜릿은 특별히 브랜디가 들어가지. 나만, 나한테만 말이야!"

치즈루 씨가 귀여운 후배에 존경받아 행복하다며 기뻐한다.

이렇게 호들갑을 떠시다니. 정말 어지간히 기대되시나 보다.

"좋은 아침입니다. 언니, 유야."

마침 이이즈카 씨가 출근했다. 손에는 포장 꾸러미를 들고 있다.

"두 사람에게 줄 초콜릿을 가져왔어요. 여기, 이게 유야 거."

"매년 감사합니다."

"뭘~. 이건 언니의 초콜릿이에요. 올해도 브랜디를 넣었답니다?"

"고마워, 이이즈카."

치즈루 씨가 초콜릿을 받아 들고는 기뻐하며 꾸러미를 꽉 껴안았다.

"이이즈카. 매년 나 때문에 수고스럽게 해서 미안해."

"아니에요. 마음 쓰지 마세요."

"감사 인사 정도는 하게 해 줘. 바쁜 와중에도 근사한 초콜릿 만들어 줘서 고마워."

"아하하, 이러지 않으셔도 된다니까요. 남자 친구에게 줄 초콜릿을 만들고 남은 재료로 간단하게 만든 거라서요."

공기가 한순간에 쩍 하는 소리와 함께 얼어붙는다.

이이즈카 씨, 나머지 재료로 만드는 김에 만든 것처럼 말하면 안 돼요! 치즈루 씨는 본인만 브랜디가 들어간 초콜릿을 받는다면서 들떠 있었단 말입니다! 평정을 가장하고 있지만, 실은 기분이 최고조라고요?!

"그럼, 다른 사람들한테도 주고 올게요~!"

그렇게 말하고 이이즈카 씨는 서둘러 사라지고 말았다.

이곳을 장례식 분위기로 만들어 놓고, 이건 아니지.

주뼛주뼛 치즈루 씨를 본다.

치즈루 씨가 새하얗게 타 버렸다.

"어차피 나는 불량재고야……. 연애도, 초콜릿도."

자학 개그를 하시는군……. 너무 침울해하는데.

"기운 내세요. 이이즈카 씨도 악의는 없을 겁니다. 치즈루 씨가 수고스럽게 해서 미안하다고 하니까 마음 써서 그렇게 말씀하셨을 거예요."

"알아. 그래도 남자 친구에게 줄 초콜릿이 진심이 담긴 초콜릿인 거잖아? 나는 남은 거고?"

"그건…… 그럴 수도 있지만."

"훗. 나잇값도 못 하고 들떠서는, 이게 무슨 창피야. 내가 이이즈카에게 받은 건 두 번째 애정이었어……."

치즈루 씨가 '어차피 나는 두 번째 여자……'라면서 토라졌다.

남자의 바람을 알게 된 여자처럼 말하지 마. 그저 우정 초콜릿을 받았을 뿐이잖아.

……어쩐지 안쓰러워졌다. 이번 일만큼은 동정의 여지

가 있으니, 진정될 때까지 달래 드릴까.

"치즈루 씨는 두 번째가 아니에요. 제일가는 상사예요. 이이즈카 씨도 그렇게 생각하실 거예요."

"……그럼, 이이즈카에게 내가 좋으냐고 묻고 와 줘."

아, 있었지. 중학교 때 저런 말을 하던, 사랑에 겁이 많은 여자애. 치즈루 씨와 전혀 다른 타입이지만.

"알겠어요. 나중에 물어볼 테니까, 우선 지금은 일 하시죠."

"응……. 5분만 더 이대로 있게 해 줘."

그러고는 책상에 엎어졌다. 등이 평소보다 굽어 보이고 묘하게 애수를 풍기고 있다.

"……나, 이 분위기 속에서 일해야 하는 건가?"

솔직히, 힘든데.

밸런타인데이 아침은 살짝 우울한 기분으로 시작했다.

◆

아침에 한바탕 소동이 있었지만, 그 후로는 문제없이 시간이 평온하게 흘렀다.

퇴근 시간이 되어, 나는 업무를 재빨리 마무리 지었다.

자리에서 일어나 치즈루 씨에게 인사한다.

"치즈루 씨, 수고하셨습니다. 먼저 들어가 보겠습니다."

"그래, 수고했어. 얼른 집에 가서 아오이에게 힐링 받으라고."

내가 인사하자, 치즈루 씨가 미소 지었다.

아침 소동 이후, 나는 이이즈카 씨에게 몰래 사정을 설명해, 치즈루 씨를 달래 주실 수 없냐고 부탁했다.

어떻게 달랬는지는 못 들었지만, 잘 푼 거겠지. 가만뒀으면 종일 처져 계셨을 테니 다행이야…….

다른 사원에게도 인사하고 사무실을 나선다.

우리 집에서는 아오이가 함박스테이크를 만들고 기다리고 있다. 나는 딴 길로 새지 않고 곧장 귀가했다.

"다녀왔어, 아오이."

현관문을 열고 아오이에게 인사한다.

그런데 대답이 없다.

평소라면 반갑게 맞아 줬을 텐데……. 혹시 공부하느라 내 목소리를 못 들었나?

의아해하며 집 안으로 들어왔다.

거실로 가니, 평소보다 방이 따뜻한 게 느껴졌다. 아무리 겨울이지만, 난방을 너무 세게 튼 거 아닌가?

"아오이, 나 왔어……?"

나를 기다리고 있는 아오이의 모습에, 말문이 막혔다.

아오이는 알몸에 앞치마만 걸친 상태였다.

하얀 레이스가 달린 앞치마를 걸치고 있는데…… 다른

옷은 아무것도 안 입은 것 같다. 살색 면적이 아무튼 넓다. 노출이 너무 심하다.

앞치마는 귀엽지만, 의도치 않게 가슴이 강조되는 디자인이다. 아니, 어쩌면 의도한 건지도 모른다. 아무튼 야하다. 너무 야해.

시선이 더 아래로 내려갔다. 앞치마 크기가 작아서 하반신도 살색 면적이 넓다. 꼭 초미니 원피스를 입은 것 같다. 건강미 있는 허벅지가 나를 유혹하듯 꾸물꾸물 움직이고 있다.

나는 그 자리에서 굳었다. 정확히 말하면, '아무것도 하지 않는다. 아무것도 생각하지 않는다'라는 선택지를 골라 마음을 가다듬으려 하고 있다.

그러나 그런 사사로운 저항은 아무 쓸모가 없었다.

단언한다⋯⋯. 교묘하게 알몸을 감춤으로써 상상력을 자극하는 모습은, 단순한 알몸보다 몇 배는 더 야하다!

"어서 와요, 유야 오빠."

"헉?!"

아오이의 인사 한마디에 제정신이 돌아왔다.

"아오이! 옷차림이 왜 그래?!"

"오빠가 코스프레를 좋아하니까 이런 모습도 좋아할까 해서요⋯⋯."

"⋯⋯저기, 아오이. 나를 기쁘게 해 주려는 마음은 정말 고맙고 기뻐. 그런데 그렇다고 해서 알몸에 앞치마는 안 돼."

"아, 알몸요?!"

아오이의 얼굴이 단숨에 새빨개졌다.

"그, 그런 야한 차림은 안 했어요!"

"하고 있잖아!"

"아니에요! 봐요!"

빙글 도는 아오이. 잠깐, 그러면 다 보이고 말잖아!

나는 당황해 눈을 감았다.

"오빠! 눈은 왜 감는 거예요!"

"당연히 감아야지! 뒷모습이 다 보이잖아! 그…… 어, 엉덩이가!"

"아, 알몸 아니라니까요! 수영복 입었다고요!"

"수, 수영복……?"

머뭇거리며 눈을 뜬다.

뒤로 돌아선 아오이는 검은 색 비키니 수영복을 입고 있었다.

뭐야, 수영복을 입고 앞치마를 걸친 거였구나. 그럼 건전하지……. 그렇게 말할 줄 알았냐! 수영복은 수영복대로 야하잖아!

……평소보다 난방이 센 이유도 알았어. 실내라고 해도 2월에 수영복만 입고 있으면 춥지…….

아오이가 나와 마주 보고 서서 놀랐냐고 물었다.

"너무 놀라서 심장이 터질 것 같아……. 직접 생각한 서프라이즈야?"

"아뇨. 루미의 아이디어예요. 수영복에 앞치마를 걸치면 유야 오빠가 기뻐할 것 같다며 조언해 줬어요."

"루미 짓이군……."

그러고 보니 공부하러 왔을 때 야한 코스프레가 어쩌고 했던가. 설마 정말로 실행으로 옮길 줄은 몰랐다.

"……오빠. 기쁘지 않아요?"

"어?!"

"이렇게 입는 거, 부끄럽긴 해도 오빠가 기뻐했으면 해서 용기를 내서 입었어요. 그러니까 어떤지 감상을 듣고 싶어요……. 안 돼?"

수영복에 앞치마만 입은 아오이가 올려다보며 응석을 부린다.

그렇구나. 아오이는 나를 기쁘게 해 주고 싶어서 부끄러운데도 이런 차림을 한 거였어.

그렇다면 제대로 된 감상을 들려줘야지……. 물론 노골적이 아니라 완곡한 표현으로.

"아오이. 서프라이즈 고마워. 정말 기뻐."

"정말요?"

"응. 엄청나게 설레는데…… 그, 굉장히 자극적이라 똑

바로 볼 수가 없네."

"안 돼요. 제대로 봐요."

"뭐?!"

제대로 보라니, 어딜 보든, 보면 안 될 것 같은데?!

안 돼. 무의식적으로 아오이의 가슴으로 시선이 빨려 들어간다.

큭! 이렇게 섹시한 모습으로 '보라'는 말을 들으면 보고 마는 게 남자의 본성이야……!

쩔쩔매고 있으니, 아오이가 웃었다.

"손수 만든 초콜릿이 있으니 제대로 봐 줘요. 메인은 초콜릿이라고요."

"아……. 그, 그렇지. 오늘이 밸런타인데이지."

제대로 보라는 건 초콜릿 얘기였나……. 매번 헷갈리게 말하는 거, 하지 말아 줬으면.

아오이가 내게 등을 돌려 초콜릿을 준비하기 시작했다. 웅크리고 있어서 엉덩이가 강조되는 중이다.

매끈하고 동그란 엉덩이가 굼실굼실 움직인다. 수영복 입고 이러는 건 너무 무방비하단 말이지…….

눈 둘 곳이 마땅치 않아 어쩔 줄 모르는데 아오이가 내 쪽을 돌아봤다.

"오래 기다렸죠. 받아요, 밸런타인 초콜릿이에요."

그렇게 말하면서 아오이는 포장된 빨간 상자를 내게 건

넸다.

"고마워. 아주 화려하네. 열어 봐도 돼?"

"물론이에요."

리본을 풀어 상자를 연다.

상자 속의 자잘하게 나뉜 칸마다 초콜릿 트뤼프가 담겨
있었다.

대단한걸. 고급 초콜릿 같아.

……그런데 겉보기에는 살짝 질척해졌다. 짐작건대 난
방이 너무 세서 초콜릿이 녹은 것이리라.

"아, 초콜릿이……. 미안해요. 냉장고에 넣어 둘 걸 그랬
네요……."

시무룩해진 아오이. 눈썹을 팔자로 내뜨리고는 누가 봐
도 침울해하고 있다.

"미안해요, 오빠. 실패작이에요."

"실패작이라니, 아니야."

"네?"

"아오이가 나를 기쁘게 하려고 정성껏 만든 거잖아. 그
시점부터 나는 굉장히 행복해. 밸런타인데이를 준비해 준
것만으로도 대성공이야."

나는 초콜릿을 하나 집어 먹었다.

"오빠?! 머, 먹으려고요?"

"응. 조금 녹은 거니까 괜찮잖아."

"하지만……."

"아오이의 역작 초콜릿인걸. 꼭 지금 먹고 싶어."

"그렇군요……. 알겠어요. 먹어요."

어두웠던 아오이의 표정에 웃음이 돌아온다.

좋아, 좋아. 모처럼의 밸런타인데이인데 우리 둘 다 웃어야지.

"아, 오빠! 잠깐만요!"

아오이가 내가 집어 든 초콜릿을 홱 채갔다.

"어? 왜, 왜 그래?"

"입 벌려 봐요."

그 한마디로 이해했다.

아오이는 내게 먹여 주고 싶은 것이다.

"……이렇게 나오는구나."

"아, 안 되나요?"

다시 시무룩해진 아오이.

치사해. 그렇게 슬픈 표정을 지으면 안 된다고 할 수가 없잖아.

"알겠어. 먹여 줘."

"후후, 하는 수 없죠. 하여간 응석꾸러기라니까요."

'응석꾸러기는 너지'라고 하고 싶지만, 기분이 좋아 보이니 말하지 말자.

"갈게요? 자, 아~. ……앗!"

아오이의 손가락에서 초콜릿이 미끄러져 떨어진다.

초콜릿이 착지한 곳은 아오이의 가슴. 앞치마와 수영복 위가 아니라, 희고 부드러운 맨살이다.

초콜릿은 폭신폭신한 고급 침대에 다이빙한 것처럼 튕겼다.

그리고 그대로 가슴골로 빨려 들어가…… 끼었다?!

"미, 미안해요! 얼른 뺄게요!"

"아오이! 당황하지 마! 이런 때일수록 침착해야 해!"

"하지만 초콜릿이 지금보다 더 녹으면 가슴이 질척질척해질 거예요!"

"가슴이 질척질척해진다고?!"

절로 아오이의 가슴으로 시선이 끌려간다. 방금 가슴으로 초콜릿을 튕겨 내서 그런지 하얀 피부에 초콜릿이 묻어 있었다.

얼른 닦지 않으면 아오이가 초콜릿 범벅이 되고 말 거야. 체온에 녹은 걸쭉한 초콜릿이 가슴을 따라 밑으로 흘러 아오이의 몸이 진득진득하고 질척질척하게……. 지금은 망상이나 할 때가 아니! 어서 이 패닉을 떨쳐야 해!

나도 안절부절못했지만, 아오이도 허둥대고 있었다.

"으아아……. 녹아 버리면 오빠에게 줄 초콜릿이 없어지는데……."

"아직 많이 있으니까 괜찮아. 우선 휴지 같은 거로 닦지

않을래?"

"하지만 아까워요. 남기는 것 없이 전부 먹어 줬으면 좋겠는데. ……아."

아오이가 뭔가 생각났다는 소리를 냈다. 그런 아오이의 뺨은 붉고 어째선지 주뼛대고 있다.

그리고 천천히 가슴을 두 팔 사이에 끼고 가슴골을 강조하기 시작했다. 마치 내게 여봐란듯이 취한 자세에 두근거린다.

"음……. 머, 먹을래요?"

"뭐어?!"

지금 나더러 가슴 사이에 떨어진 초콜릿을 먹겠냐고 묻는 거야?!

만약 그러면 나는 가슴골에 손을 끼워 넣어서 만지작만지작……. 절대 못 해! 그런 짓, 못 한다고!

아오이도 본인이 한 실언을 알아차린 모양이다. 얼굴이 새빨갛고 눈물을 글썽거리고 있다. '아, 아니에요! 야한 의미가 아니라고요!'라고 말하고 싶은 눈치다. 아무리 아오이가 순진하다고 해도 방금 그 말은 야한 의미밖에 없다고 생각하는데?!

……이렇게 지적하면 우리 둘 다 창피 지옥으로 떨어질 게 뻔하다.

나는 하고 싶은 말을 꾹 삼켰다.

"……아오이, 이거 써."

나는 근처에 있던 물티슈를 건넸다.

"뒤돌아 있을 테니까. 그동안 초콜릿을 빼내고 가슴을 닦아 줄래?"

"고, 고마워요."

아오이가 쑥스러워하면서 물티슈를 받았다. 나는 그대로 등을 돌려 안도의 한숨을 내쉬었다.

상황은 어떻게든 무마했군……. 그나저나 아오이의 천진난만한 에로틱 발언 어떻게 안 되나? 만일 내가 '먹겠다'라고 했으면 어쩔 셈이었으려나…….

고뇌하는데 아오이가 불렀다.

"오래 기다렸죠. 이제 돌아봐도 돼요."

돌아보니, 아오이가 또다시 녹아 가는 초콜릿을 집어 기다리고 있었다.

"조금 전에는 못했으니까, 한 번 더 먹여 주고 싶어요. ……안 돼?"

"안 되는 건 아닌데……. 떨어뜨리지 마?"

"아, 알아요! 세심하게, 주의할게요. 자, '아~' 해요!"

"아하하. 알았어. 그럼 먹여 줄래?"

"고마워요."

아오이가 내 입가로 초콜릿을 가져온다.

"아~."

"아……."

초콜릿을 덥석 물어 음미한다. 초콜릿의 진한 풍미가 혀를 감쌌다가 살짝 씁쓸한 맛이 입안에 퍼진다. 녹는 중이라 씹는 맛은 그다지 없지만, 아주 맛있다.

"맛이 어때요?"

"응. 엄청나게 맛있어."

"정말요? 해냈다!"

아오이가 펄쩍 뛰었다. 참을 수 없는 기쁨을 표현하듯 발을 콩콩 구르기 시작했다.

"아하하. 아오이, 너무 신나하는 거……. 읍!"

출렁, 출렁.

아오이의 움직임에 맞춰 마시멜로 같은 가슴이 위아래로 날뛰고 있다.

수영복에 앞치마만 걸쳐 얇게 입은 탓인지 평소 이상으로 움직임이 잘 보인다.

굉장하다, 저렇게 출렁이는구나……!

잠시 후, 아오이가 발을 구르는 걸 멈추었다. 뺨을 붉히고 헛기침을 큼 한다.

"미, 미안해요. 기쁜 나머지 너무 호들갑 떨었네요……. 오빠? 얼굴이 빨간데 괜찮아요?"

아오이가 걱정하며 내 얼굴을 들여다본다.

부탁이야. 그렇게 섹시한 코스프레를 하고 가까이 다가

오지 말아 줘. 진짜 위험하니까, 여러모로.

"괜찮아. 아하하……."

두방망이질 치는 심장 소리를 들키지 않게, 나는 웃으며 얼버무렸다.

◆

약속한 대로 저녁은 내가 좋아하는 데미그라스 함박스테이크였다. 루미와 함께 초콜릿을 만든 이야기를 들으며 매우 맛있게 먹었다.

그리고 아오이는 옷을 갈아입었다.

"오빠가 기쁘다면…… 부끄럽지만, 이대로 있을게요."

본인은 그렇게 말했지만, 나는 감기에 걸리면 안 된다며 사양했다. 계속 그렇게 있었다가는 긴장해서 마음이 편치 않으니까…….

지금은 식사를 마치고 쉬면서 이야기를 나누는 중이다. 화제는 학교 수업에 관해서다.

"오빠. 내일은 학교에서 특이한 실습을 해요."

"특이한 실습? 그냥 가정 과목 같은 게 아니라?"

"네. 유아 교육 연구라는 수업이에요."

"어쩐지 전문적이네. 대학교 수업 같아."

"고등학교 선택 과목 중 하나예요. 실시하는 학교는 그리 많지 않지만요.”

“그렇구나. 그 수업은 뭘 배워?”

“유아 교육의 기초 지식을 배우는 커리큘럼이에요. 평소에는 교실에서 강의만 들었는데 내일은 지역의 유치원을 방문해서 아이들과 놀아 주러 가요.”

“헤에. 네 말대로 특이한 실습이구나.”

고등학교 교과 과정에 그런 수업이 있는 건가……. 내가 다녔던 고등학교에는 없었는데 지역과 학교 교육 방침 등에 따라서는 있을지도 모른다.

문득 아오이의 표정이 굳은 게 보였다.

“아오이. 혹시 긴장돼?”

“티 나요? 아이는 좋아하지만, 제가 잘 놀아 줄 수 있을지 걱정돼요…….”

“괜찮아. 아오이는 온화하고 다정하니까 분명 아이들한테 인기 많을걸?”

“그러면 좋을 텐데…….”

“근데 왜 유아 교육 연구 수업을 골랐어? 선택 수업이면 다른 수업을 고를 수도 있었잖아.”

꽤 전문적인 수업인 데다 아오이 나름 목적이 있어 선택했겠지.

의아해하는데 아오이가 갑자기 머뭇거리기 시작했다.

“그, 그게……. 언젠가 도움이 될까 해서요.”

"언젠가?"

"그러니까…… 아이를 키울 때요……."

그렇게 말하고는 양손으로 얼굴을 감싸 버렸다. 아오이의 순진하고 귀여운 반응에 나도 모르게 넋을 잃고 말았다.

아오이는 벌써 미래의 가정상을 그리는 걸까……. 그래도 아직은 좀 이르지 않나? 아니면 내가 늦는 건가?

그러고 보니 아오이가 전에 '구김살 없이 키우기'가 교육 방침이랬지.

그런 얘기를 한 걸 보면 역시 이미 육아를 염두에 뒀는지도 모른다. 아기를 가진 뒤에는 이야기를 나누기에 늦으려나……?

……이런. 왠지 나까지 쑥스러워지기 시작했어. 화제를 원래대로 돌리자.

"루미는 무슨 수업을 선택했어?"

"저와 같은 수업요. 루미도 아이를 좋아하니까요."

"참, 어린 동생이 있었지. 아이를 대하는 방법이라든가, 여러 가지로 배울 수 있지 않을까?"

"아하……. 그러네요. 내일 열심히 배우면서 노력해 볼게요."

안심한 듯 미소를 띠는 아오이.

다행이다. 조금은 불안감을 덜어 준 것 같다.

이로써 내일 수업은 괜찮겠지.

그런 태평한 생각을 하면서 아오이의 이야기를 들었다.

◆

그리고 다음 날. 퇴근한 나는 귀가를 서둘렀다.

집까지 앞으로 5분 거리라 그런지 주책맞게 배가 꼬르륵거린다.

오늘은 아침부터 갑자기 터진 문제에 대응하느라 쫓겼다. 그 때문에 점심을 먹지 못했다.

중대한 문제가 아니었으니 다행이지만, 덕분에 몹시 허기지다. 이이즈카 씨가 과자를 주시지 않았다면 오후에는 업무가 잘 안됐을 수도 있다.

"배고프다……. 오늘 저녁은 뭘까."

카레? 아니면 고기 감자조림?

아오이가 만든 요리를 떠올리기만 해도 기운이 솟는다. 집 건물 계단을 가볍게 올라 202호 앞까지 왔다.

문을 열어 평소처럼 인사한다.

"다녀왔어, 아오이. ……어?"

바로 이상한 낌새를 눈치챘다.

현관이 어둡다. 보통은 불이 켜져 있는데……. 혹시 깜박했나?

그러나 집 안에 들어선 뒤에도 이변은 계속되었다. 거실도 어두웠던 것이다.

"……아무도 없는 건가?"

이 시간이면 아오이는 보통 집에 있다. 없다면 루미와 놀거나 급하게 장을 볼 필요가 있을 때뿐. 그런 경우에는 꼭 내게 연락하는데 오늘은 연락이 없었다.

그러면 아오이는 어디에 있는 거지?

설마…… 강도가 들거나 한 건 아니겠지?!

"아오이! 안에 있어?!"

다급히 부르니, 묘한 목소리가 방 안쪽에서 들려왔다.

"……오빠."

아주 작은 여자 목소리. 울먹이는 듯한 슬픈 목소리였다. 도둑의 목소리라기보다는 유령 목소리처럼 들린다.

"유야 오빠……."

이번엔 확실히 들렸다.

유령 따위가 아니다. 아오이 목소리다.

"아오이, 괜찮아?! 지금 불 켤게!"

벽을 따라 이동해서 불을 켰다.

방 안을 둘러보았다. 당연하게도 유령 같은 건 어디에도 없었다.

아오이는, 방 한구석에서 두 팔로 무릎을 껴안고 앉아 있었다. 무릎에 얼굴을 얹고 슬픈 표정으로 이쪽을 보고 있다.

아오이가 무사해서 마음은 놓였지만, 머릿속은 의문투성이다.

……컴컴한 방에서 뭘 하는 걸까?

"아오이. 왜 그러고 있어?"

"훌쩍. 저, 육아가 어렵다는 걸 절실히 느꼈어요…….."

"유, 육아?"

불현듯 어제 나눈 대화가 뇌리를 스친다.

……혹시 오늘 실습하러 갔다가 무슨 문제라도 생겼나?

구체적으로 무슨 일이 생겼는지는 모른다.

하지만 아오이가 우울해하는 것만은 안다.

나는 아오이 옆에 쭈그려 앉아 등에 살며시 손을 올렸다.

"아오이. 진정되면 나한테 설명해 줄래?"

다정하게 물으니, 아오이가 힘없이 고개를 끄덕였다.

아오이가 진정되고 우리는 식탁을 끼고 마주 앉았다.

"아오이. 무슨 일이 있었길래 우울한 거야?"

"……어제, 유아 교육 연구 수업이 있다고 했던 거, 기억 해요?"

"물론이지. 오늘 유치원에서 실습한다고 했잖아."

"네, 아이들과 술래잡기하고 그림을 그리면서 놀 예정이 었는데……. 아이들이 너무 활발해서 도저히 따라갈 수가 없었어요."

"그랬구나……. 애들 기력은 끝도 없으니까."

"그것뿐만이 아니에요. 일정을 무시하고 모래사장에서 놀자 그러고, 업어 달라고 하고……. 아이들한테 휘둘리기 만 했어요."

아이들이 예상치 못한 행동을 한다는 건 자주 듣는 얘기 다. 높은 곳으로 기어오르거나 좁은 곳에 들어가고 싶어 한다고……. 육아 경험은 없지만, 그런 장면은 쉽게 상상 이 간다.

"다양하게 놀아 주려고 했는데 계획을 짠 대로 되지 않아서…… 완전히 엉망진창이었어요. 하아……."

아오이가 탄식하며 시무룩해한다.

많이 우울해하네……. 제대로 위로해 주지 않으면 점점 더 부정적인 생각만 할 것 같아.

"기운 내. 그리고 나는 엉망진창이라고 생각하지 않아."

"그, 런가요……."

"응. 얘기를 들어 보니까 아오이, 오늘 아이들한테 인기 많았지?"

"그건…… 그랬을지도요. 실습 내내 주변에 원아들이 있었거든요."

"그것 봐. 아마 아이들도 아오이가 잘 놀아 주는 착한 언니란 걸 알았던 거야. 아이들은 너를 좋아했어."

"아이들이 저를 좋아했다고요……?"

"내 생각은 그래. 계획대로는 안 됐을지 몰라도 엉망진창은 아니야. 너무 고민하지 마, 알았지?"

미소 지으며 그렇게 말하자, 아오이의 얼굴에도 드디어 미소가 돌아왔다.

"오빠…… 고마워요. 좀 기운이 났어요."

"그래, 그런 마음가짐이야."

"네……. 아차, 내 정신 좀 봐. 시간이 벌써 이렇게 됐군요. 저녁 준비할게요. 오늘은 고기 감자조림이에요."

"신난다! 고기 감자조림이다!"

"후후. 기뻐하는 모습이 꼭 유치원생 같아요."

아오이가 키득키득 웃으면서 일어섰다.

식기에 음식을 담는 아오이를 보며 문득 생각한다.

……아오이는 왜 그렇게 우울해했을까?

아오이가 노력가라는 건 안다. 실습도 열심히 임했을 거다. 실패해서 분하기도 하고 마음이 안 좋은 것도 이해한다.

그래도 방에 불도 켜지 않고 구석에 쭈그리고 앉을 만큼 기운이 없을 일일까?

……무언가 좀 더 근본적인 이유가 있을 듯해.

그렇지만 이제야 기운을 차렸는데 금세 그 이야기를 하기는 망설여진다. 다음에 기회를 봐서 물어볼까.

"오빠. 다 됐어요."

"맛있겠다. 좋았어, 얼른 먹자."

"후후. 오빠, 오늘 정말 아이 같아요."

"그렇지 않아. 내가 평소에도 말하잖아. 아오이가 만든 요리를 매일 기대하게 된다고. 늘 맛있는 밥을 차려 줘서 고마워."

"가, 갑자기 칭찬하지 마요. ……바보."

"아하하. 자, 식기 전에 먹자. 잘 먹겠습니다!"

나는 아오이가 조금이라도 기운을 차리도록 더 밝게 행동했다.

◆

　점심이 된 사무실에 딸깍딸깍 키보드를 치는 소리가 울려 퍼진다.

　회사에서 업무를 해도 머리 한편에는 우울해하는 아오이의 얼굴이 떠다녔다.

　그렇게 기운 없어 하다니……. 아오이에게 그 실습은 중대한 일이었던 것이라 생각한다.

　어떻게 운을 띄워야 할까.

　역시 좀 더 시간을 가진 뒤에 우울해한 이유를 물어봐야 하나? 그렇지만 기운은 빨리 차리게 해 주고 싶은데…….

　"유야. 잠깐 괜찮아?"

　그런 생각을 하는데 옆자리의 치즈루 씨가 말을 걸었다.

　"네. 무슨 일이세요?"

　"조금 전에 나한테 메일 보냈지? 근데 자료 첨부가 안 되어 있더라고."

　"네?! 죄, 죄송합니다. 바로 다시 보내 드릴게요."

　"흠. 네가 이런 실수를 다 하고 웬일이야."

　"정말 죄송합니다……."

　"미안, 나무라는 게 아니야. 아침에 인사할 때도 기운이 없어 보여서 신경 쓰였거든. 무슨 고민이라도 있어?"

다 티가 났구나.

아침에 인사하는 모습만으로 간파하다니……. 치즈루 씨한테는 못 당하겠어. 정말 부하를 유심히 살피는 상사다.

"치즈루 씨에게 상담할 정도는 아니에요. 사생활이기도 하고요. 괜찮아요."

"사생활이라……. 아하. 아오이가 원인이로군?"

다리를 꼬며 히죽거리는 치즈루 씨. 내 마음속을 너무 읽는 거 아니냐고.

"아오이 일이면, 상담할 사람이 나 정도밖에 없잖아. 어디, 얘기해 봐."

"하지만……."

"고민을 끌어안은 채로 업무에 집중 못 하는 것도 곤란한 거 알지?"

그 말을 들으니, 할 말이 없다.

……신경 써 주신 것을 고맙게 생각해 치즈루 씨에게 상담하자. 뭔가 좋은 해결책이 떠오를지도 모르고.

"알겠습니다. 사실은──."

나는 아오이가 실습을 제대로 못 해서 우울해하는 것을 간단하게 설명했다.

"그랬구나. 아오이가 기운을 차리게 해 주고 싶은데 우울한 원인을 모른다 이거지. 기운이 나게 할 방법을 고민하는 거고."

"맞습니다. 어쩌면 좋을까요?"

내가 묻자, 치즈루 씨가 다리를 반대로 꼬면서 표정을 풀었다.

"넌 너무 생각이 깊어. 시스템 문제도 아닌데 꼭 원인을 제거할 필요는 없잖아."

"원인을 몰라도 아오이의 불안을 해소할 수 있다는 말씀인가요?"

"음. 예를 들어 안 좋은 일이 있을 때, 즐거운 것을 하면서 감정을 덧씌우는 거지."

그렇구나. 어른이 술을 마시는 것과 같은 이유인가. 아오이는 미성년자라 술은 안 되지만.

"근데 그건 그냥 기분 전환이잖아요. 근본적인 해결이 안 되지 않나요……?"

"흠. 네 말도 일리 있네……. 그러면 실패를 성공으로 덮어씌우는 건 어때?"

"실패를 성공으로요……?"

"그래. 하지 못한 것을 할 수 있게 된다면 자신감이 붙지 않겠어? 성공을 체험하는 건 자기 긍정을 높여 주지."

"일리 있네요……. 그 방법, 좋은데요."

아오이가 경험한 실패는 유치원 아이들과 잘 놀아 주지 못한 것이다.

즉, 성공 체험은 그 반대── 유치원 아이들과 즐겁게

노는 거지.

문제는 아이들과 놀 기회가 없다는 점이다.

실습을 몇 번이나 할 리도 없고 주변에 유치원 아이들과 접할 만한 환경은 전혀……

잠깐만?

있다. ……아오이가 유치원생을 접할 절호의 기회가.

"치즈루 씨. 상담해 주셔서 감사합니다."

"마음 쓰지 마. 참고가 됐나?"

"네. 역시 치즈루 씨예요. 유능한 상사라고 해야 하나, 연륜이라고 해야 하나……."

"뭐? 지금 '연륜'이라고 했어?"

온화하던 치즈루 씨의 표정이 마녀로 돌변한다. 나이를 상기하게 하는 말은 전부 지뢰라는 걸 까맣게 잊고 있었다.

"에, 에이, 치즈루 씨. 제가 언제 그랬어요."

"거짓말하지 마. '치즈루는 천 년 살고 거북이는 만 년 산다'라고 했잖아."

"그 말은 정말 안 했거든요!"

그건 그냥 악담이잖아?!

악질 환청에 벌벌 떠는데 치즈루 씨가 얼굴을 가까이 가져와 위협했다.

"……유야. 너, 나를 늙은이 취급했겠다? 아앙?"

"기, 기분 탓이세요! 저, 점심을 아직 안 먹어서 먹고 올게요! 실례하겠습니다!"

황급히 자리에서 일어나 사무실을 빠져나왔다. 계속 추궁당했다면 한 대 맞았을 거야…….

나는 치즈루 씨에게서 도망쳐 구내식당으로 왔다.

주문한 된장 라면을 먹으며 메시지를 보내려 SNS 앱을 켰다. 루미에게 말이다.

「안녕. 지금, 잠깐 시간 괜찮아?」

메시지를 보내자마자, 읽었다는 표시가 뜨면서 금방 답장이 왔다.

……어, 뭐가 계속 오는데?!

「옙옙. 점심시간이라 괜찮아요~.」

「근데 오빠가 저한테 연락하다니, 완전 레어잖아요. 무슨 일이에요?」

「알겠다! 아웃치 일이구나?」

「그게 아니라, 다른 용건이라면……. 헉?! 설마 내가 얼마나 공부했는지 SNS로 감시하려는 거예요?!」

「꺄아악 오빠한테 속박당한다~.」

무얼 할 틈도 없이 답장이 다섯 통이나 왔다. 내가 메시지를 보내고 1분도 채 안 지났는데……. 이것이 현역 여고생 갸루의 실력인가.

나는 루미의 메시지 속도에 감탄하며 답장했다.

「감시 같은 거 안 한다니까. 실은 아오이 일로 상담할 게 있어서 연락했어.」

「아, 그렇구나. 오빠, 아웃치 러브군요~.」

「이 녀석이. 놀리지 마.」

「아하하, 죄송~. 그래서 무슨 상담인데요? 제가 도울 수 있는 일이에요?」

「루미한테만 할 수 있는 부탁이야. 실은 말이지…….」

쉬는 시간, 나는 루미에게 고민을 털어놓았다.

◆

주말, 일요일.

나와 아오이는 공부 도구를 챙겨 루미의 집을 찾았다. 3층 건물에 마당이 넓다. 차고도 큰 근사한 집이다.

"그나저나 루미가 집에서 공부하자고 하다니 별일이네요. ……뭔가 꿍꿍이가 있을 것 같아요."

아오이가 의아해하며 루미네 집을 바라본다. 아무래도 루미가 뭔가 속셈을 꾸민다고 의심하는 모양이다.

……미안, 아오이. 오늘 공부 모임은 내가 루미에게 부탁해서 모이는 거야.

목적은 아오이의 실패를 성공 체험으로 덧칠하기.

지난번 공부 모임에서 루미는 유치원 졸업을 앞둔 동생이 있다고 했다. 아오이가 루미의 동생과 즐겁게 놀 수 있다면, 실습에서 실패한 과거를 극복할 수 있다. 그런 생각으로 오늘의 공부 모임을 계획한 것이다.

　이 계획을 루미에게 의논하니, 흔쾌히 수락해 주었다. 루미도 기운이 없는 아오이가 마음이 쓰이고 걱정됐나 보다.

　"오빠는 루미에게 들은 거 없어요?"

　"아니, 아무 말도 못 들었는데."

　"그렇군요. 항상 똑같은 장소에서 공부했으니…… 기분 전환이라도 하려는 걸까요?"

　얼굴을 살짝 구기며 복잡해 보이는 표정으로 생각하는 아오이.

　나는 마음속으로 속여서 미안하다고 사과하면서 루미네 집 인터폰을 눌렀다.

　잠시 뒤, 문이 열렸다.

　문이 열리고 나타난 사람은 기품 넘치는 마담―― 참관 수업 때 만난 루미의 어머니였다.

　"어서 와요, 아오이, 아마에 씨. 오늘 와 줘서 고마워요."

　"저희야말로 초대해 주셔서 감사합니다. 늘 저희 '조카' 아오이가 루미에게 신세가 많습니다."

　참관 수업 때처럼 아오이의 '삼촌'이라는 설정으로 밀고 나갈 수밖에 없다. 지금은 철저하게 보호자 모드에 충실하자.

　"무슨 그런 말씀을요. 오히려 루미가 민폐를 끼치고 있죠. 오늘도 아오이에게 공부를 배운다고 하던걸요……."

"민폐라뇨, 그렇지 않습니다. 아오이도 루미와 함께 보내는 시간을 즐거워해요."

"그렇다면 다행인데……. 아마에 씨도 공부를 가르쳐 주신다면서요? 마음이 든든하네요. 오호호."

마담이 기품 넘치게 웃었다.

나는 루미의 어머니를 한 번 만난 게 다라서 거의 면식이 없다. 잘 모르는 남자가 딸과 사이좋게 지내는 것을 어떻게 생각할지 불안했지만, 인상은 좋은 듯해서 안심했다.

그러고 보니 루미가 사전에 나를 소개해 뒀다고 했지. 어머니가 믿으시게끔 잘 설명해 준 것이리라.

인사를 마치고 루미의 어머니는 루미를 부르러 가셨다.

잠시 후, 루미가 종종걸음으로 우리에게 왔다.

"하이, 하이. 우리 집에 온 걸 환영합니다! 두 사람 다 들어와요. 방으로 안내할게요."

"고마워요, 루미. ……오빠, '실례하겠습니다'라고 인사해야 해요?"

"내가 애도 아니고……. 실례하겠습니다."

아오이에게 잔소리를 들으며 신발을 벗고 현관에서 올라왔다.

복도를 걷다가 막다른 곳에 있는 방에서 멈춰 섰다. 펭귄 모양 방문걸이에는 '루미'라고 적혀 있다.

들어오라는 루미의 말에 안으로 들어갔다.

전체적으로 하얀색 방이지만, 커튼과 쿠션 등은 분홍색 인테리어가 많다. 선글라스와 목걸이 등의 액세서리는 소품용의 투명한 선반에 예쁘게 수납되어 있다. 화장대에는 화장품이 즐비하다. 큰 거울도 있다. 패션에 민감한 루미다운 방이다.

문득 루미와 눈이 마주친다.

루미가 히쭉거리며 팔꿈치로 내게 귓속말했다.

"오빠. 팬티는 밑에서 두 번째 서랍에 있어요."

"요 녀석이. 그 손동작 그만둬."

"뭐야, 의외로 침착하네. 쳇. 오빠가 안절부절못하는 모습을 보고 싶었는데."

분하다는 듯 손가락을 튕겨 딱 소리를 내는 루미. 야한 코스프레 때도 그렇고 루미는 나를 겉으로는 티를 안 낼 뿐인, 속은 음흉한 사람으로 생각하는 건가?

"그런데 루미. 지난번 얘기한 그 건 말인데 오늘 히나는 집에 있는 거지?"

나는 아오이에게 들리지 않게 작은 소리로 물었다.

"있어요. 지금은 자기 방에서 놀고 있나 봐요. 공부가 끝나면 다 같이 놀기로 약속했어요. 그럼 되죠?"

"응, 좋아. 도와줘서 고마워."

"뭘요. 됐어요. 저도 걱정됐으니까요."

루미는 웃으면서 방 안쪽에서 탁자를 꺼냈다. 우리는 탁자 주변에 앉아 공부할 것들을 펼쳤다.

아오이는 영어 교과서와 문법 문제집을 가져와 루미에게 보여 주었다.

"루미. 오늘은 영어 문법부터 해요."

"에이, 단어가 좋은데."

"영어 단어는 암기해야 해서 자습하라고 전에 말했는데……. 설마 안 하고 있어요?"

"하, 하고 있어. 아웃치, 눈이 무서워."

웃으면서 얼버무리려는 루미.

안됐지만, 아오이에게 그 방법은 통하지 않지…….

"루~미~?"

"화, 화내지 마. 귀여운 얼굴이 망가지잖아."

"……다음에 기습으로 시험을 보겠어요."

"에엑! 못됐어! 극성 엄마! 마맛치!"

"누가 마맛치예요. 자, 시작하죠."

아오이의 의지는 강했다.

정말 엄하다니까…….

루미는 또 꿍얼대고 있다.

싫은 걸 억지로 시키면 동기 부여에 악영향을 끼칠지도 모른다. 살짝 당근을 주자.

"루미. 아오이는 말이야, 봄방학에 너랑 놀고 싶은 거야.

그래서 엄격하게 굴게 되는 거지."

"네?! 그런 거야, 아옷치?!"

루미가 뒤를 돌아 아오이의 어깨를 덥석 쥐었다. 루미의 큰 눈이 반짝반짝 빛나고 있다.

그 기세에 진 아오이가 고개를 끄덕였다.

"네, 네. 맞아요……."

"그랬구나……. 에헤헤! 나, 공부 열심히 할게! 아오이, 좋아해!"

"으앗! 껴, 껴안지 마요. 하여간……."

아오이는 거부하면서도 어딘가 기쁜 듯했다. 이 둘은 정말로 사이가 좋다니까.

"루미. 이제 진짜 공부를 시작하죠. 준비됐나요?"

"물론이지! 가자!"

루미도 의욕이 생겨, 드디어 공부가 시작되었다.

루미가 문제를 풀고 아오이가 채점한 후, 틀린 문제를 해설한다. 그리고 틀린 문제는 나중에 한 번 더 혼자 힘으로 푼다. ……단순하긴 하지만, 틀린 것만 복습할 수 있는 좋은 공부법이다.

난 영어를 가르칠 정도로 잘하는 건 아니다. 영어는 아오이에게 맡기고 둘이 공부하는 동안 수학 공식과 해법 핵심을 노트에 정리해 두자.

각자 할 일에 몰두하는데 방문이 열렸다.

문 쪽을 돌아보니, 거기에는 어린 여자애가 서 있었다. 검은 긴 생머리에 눈매는 루미와 닮았다.

　아마 이 아이가 루미의 동생인 히나이리라.

　아까 루미 이야기로는 공부가 끝난 뒤에 놀기로 약속했다고 했는데……. 못 기다리고 와 버린 건가?

　히나가 아장아장 걸어 루미 옆에 섰다.

　"언니, 언니. 공부, 아직 안 끝났어?"

　"히나. 멋대로 들어오면 어떡해. 언니랑 약속했잖아."

　"하지만 30분 기다렸는걸? 나, 잘했어?"

　"그랬구나! 30분이나 기다렸어? 히나, 장하네."

　루미가 대견하다고 칭찬하면서 히나의 머리를 쓰다듬었다. 생각한 것보다 루미는 동생을 잘 돌보는 것 같다.

　"귀, 귀여워요……!"

　내 옆에서는 아오이가 행복한 표정으로 히나를 쳐다보고 있다.

　"오빠, 들었어요?! 루미를 '언니'라고 불렀어요!"

　"그, 그러게. 귀엽다……."

　이렇게 흥분한 아오이도 보기 드물다. 정말로 아이를 좋아하는구나. 오늘이야말로 소통이 원만하면 좋겠는데…….

　아오이의 시선을 느낀 루미가 우리 쪽을 향해서 '두 사람, 미안해'라며 사과했다.

　"소개할게요. 얘는 히나. 내 동생이랍니다. 히나, 언니

랑 오빠에게 인사해야지?"

"안녕하세요. 언니의 동생인 히나예요. 잘 부탁드려요."

꾸벅 인사하는 히나. 아직 어린데도 유치원생이라고는 생각이 안 들 정도로 의사소통을 확실하게 할 수 있다. 요즘 아이들은 어른스럽구나.

"안녕. 나는 아마에 유야라고 해. 루미 언니의 친구란다."

"저, 저는 시라토리 아오이예요. 루미와는 같은 반 친구고요. 잘 부탁해요."

조금 전까지 웃던 아오이가 지금은 긴장하고 있다. 표정도 굳었다. 마치 면접을 보는 취준생 같다.

아하……. 아이는 좋아하지만, 약간 대하기 힘든 건가.

솔직하게 대한다면 금방 친해질 수 있을 듯한데……. 좀 시험해 볼까.

"히나. 아오이하고 사이좋게 지내 줘, 알았지?"

말을 건네니, 히나가 아오이를 빤히 본다.

"아오이 언니, 언니 정말 예쁘다!"

"네? 제, 제가요?"

"응! 머리카락도 찰랑찰랑해! 눈도 동글동글하고! 공주님 같아!"

"고, 고마……."

"와아! 가슴도 크다! 우리 언니보다 열 배는 커! 만져 봐도 돼?"

"네?! 아, 안 돼요! 떽!"

아오이가 얼굴을 붉히고 손으로 가슴을 가렸다.

당찬 히나에게 쩔쩔매고 있다.

음, 생각처럼 잘되지 않네.

"언니 가슴, 그렇게 안 작아!"

루미가 그렇게 딴지를 걸었지만, 히나는 웃으며 무시하고는 아오이의 반응에 아랑곳하지 않고 질문을 했다.

"아오이 언니는 남자 친구 있어?"

"네?! 아, 그게……."

"잘생겼어? 깔끔해? 경제력은? 집안일은 할 수 있어? 취미는 맞아? 그리고 달리기 빨라?"

"아으으……!"

쏟아지는 질문 공세에 아오이는 녹아웃당하기 일보 직전이었다.

히나의 질문 중에 달리기 얘기 말고는 결혼 활동을 하는 여자 같아……. 역시 어른스럽구나. 요즘 유치원생들은 다 이렇게 성숙한가?

음……. 생각보다 만만치 않은 상대일지도 모른다.

우선 반대로 히나에게도 질문해서 어떻게 나오는지 지켜보자.

"그러면 히나는 좋아하는 사람 있어?"

내가 그렇게 묻자, 히나는 난감한 듯 웃었다.

"으~음. 미묘해. 멋진 애들은 있는데 다들 어린애 같아."

"아하하. 그렇구나."

조숙한 여자애구나 싶어져서 어쩐지 흐뭇하게 웃게 된다. 아이는 귀엽구나.

마음이 따뜻해지는 걸 느끼는 와중, 히나가 질문했다.

"유야 오빠는 결혼했어?"

"아니, 안 했어."

"결혼은 말이지, 잘 생각하고 해야 해. 알았지? 요즘은 연애도, 결혼도 필수는 아니니까. 인생이란 행복해지는 게 가장 중요하잖아? 반려자에게 맞추며 갑갑한 인생을 보낼 거라면 독신의 길을 걷는 게 승자라고 봐, 히나는."

잠깐, 잠깐!

조숙한 수준이 아니잖아!

갑자기 결혼 칼럼니스트처럼 말하다니…… 순간, 결혼 상담소에 온 줄 알았어.

당황스러워하는데 루미가 미안하다며 쓴웃음을 짓는다.

"아니, 히나가 말이죠, 연애관만 묘하게 깨우쳤지 뭐예요. 유치원에서는 선생님들 연애 상담도 해 준다나 봐요."

"성인도 의지할 정도야?!"

엄청나잖아. 저 나이에 연애 전문가다.

히나는 내가 보인 반응에 기분이 좋아졌는지 더욱 수다스러워졌다.

"뭐, 지금은 다양성의 시대니까. 결혼 같은 건 무리해서 할 것도 아니야. 아오이 언니도 그렇게 생각하지?"

질문을 받은 순간, 아오이가 천천히 앞으로 한 걸음 움직였다.

"……언니는 그렇게 생각하지 않아요."

조금 전까지 쩔쩔매던 아오이가 지금은 오히려 우호적으로 웃으면서…… 아니야, 뭔가 눈이 무서워! 유심히 보니까 눈은 하나도 안 웃고 있잖아?!

"에이. 아오이 언니는 결혼하고 싶은 쪽이야?"

"네. 히나, 결혼은 근사한 것이랍니다."

잘은 모르겠지만 아이 상대로 정색하고 있어……. 아오이답지 않은걸. 대체 왜 저러지?

당혹스러워하는데 루미가 내게 귓속말을 했다.

"아옷치는 결혼을 하고 싶은 마음이 강하잖아요. 그래서 그런 거 아닐까요?"

"어? 아……."

결혼이 목표인 아오이에게는 간과할 수 없는 의견인가.

그래서 히나에게 '결혼은 근사한 것'이라고 설득하려고 한다…… 그런 건가?

"저기, 유야 오빠. 아옷치요, 곧 무자각으로 팔불출 발언을 할 것 같지 않아요?"

"……루미도 그렇게 생각했어?"

분명 아오이는 결혼의 근사함에 대해 열변을 토할 것이다. 그 주장을 뒷받침하기 위해서 본인의 연애 경험을 이야기하겠지.

……그 말인즉, 나와 하는 연애가 얼마나 근사한지 설명하겠다는 것이다.

"이대로 있으면 나한테도 불똥이 튀겠지? 너무 부끄러운데……."

"말리면 안 돼요! 아옷치가 유야 오빠를 향한 사랑을 얘기하는 중대한 대목이니까!"

"루미?! 왠지 즐기고 있는 것 같다?!"

우리는 아오이 기운 차리게 해 주기 동맹을 결성한 사이잖아! 언제부터 내가 적이 된 거야?!

당황하는 나를 두고 아오이와 히나의 논의가 시작됐다.

"아오이 언니는 왜 결혼이 하고 싶어?"

"왜냐하면 좋아하는 사람과 함께하는 시간이 행복하니까요. 적어도 저는 매일 행복하답니다."

말하자마자 팔불출 발언!

하지 마, 낯부끄러우니까!

"흐응. 근데 매일 보면 싫어지지 않아?"

"싫어지지 않아요. 매일, 소소한 행복이 있고 그 행복을 둘이 공유하는걸요. 그런 나날을 사랑스럽게 생각한다면 평생 이 사람 곁에 있고 싶다는 생각이 들 거예요."

"그렇구나. 아오이 언니는 그런 근사한 사람이 가까이 있는 거지?"

"네. 아주 가까이에 있어요."

"부럽다. 그 사람 좋아해? 혹시, 서로 좋아하는 거야?"

"네. 알콩달콩해요."

달아, 달아도 너무 달아. 더는 논의도 아니야. 그냥 연애 자랑이지.

아오이는 지금 가슴을 젖히고 득의양양한 표정을 짓고 있다. 본인이 팔불출 발언을 한다는 자각도 전혀 없어 보인다.

"그러니까 히나. 그렇게 결혼을 너무 부정하지는 말아 줘요. 네?"

"히나는 부정한 거 아닌데?"

"네? 그, 그래요?"

"응. 아오이 언니처럼 근사한 사람을 만나면 꼭 결혼해야 하지만, 현실적으로는 그런 사람을 만나기가 힘들다는 뜻이었어. 그 상황에서 타협해 결혼하는 게 과연 그 사람이 바란 행복일까…… 그런 생각을 한 거야."

"그, 그렇군요. 히나는 정말 야무지네요."

"에헤헤. 아오이 언니, 사랑 이야기 해 줄 때 귀여웠어!"

"네? 사랑 이야기라니……. 아."

드디어 자기가 무슨 얘기를 했는지 깨달은 듯하다. 얼굴이 새빨개졌다.

"으읏……. 저보다 히나가 더 어른스러워요……."

아오이가 작게 말하고는 어깨를 축 내뜨렸다.

……곤란하게 됐네. 성공 체험을 하게 해 주려 했는데 실패 체험이 늘게 될 줄이야. 히나가 연애 전문가인 건 완전히 예상 밖이었다.

이제 어쩌나 하는데 루미가 다시 귓속말을 해 왔다.

"미안해요, 오빠. 작전 실패하게 돼서."

"루미 탓이 아니야. 히나가 대단했을 뿐이야."

"이유가 뭘까? 히나는 사랑 이야기를 엄청나게 좋아해. 낮에 방송하는 일일 연속극을 너무 많이 봐서 그런가?"

"일일 드라마?! 성숙한 유치원생이구나……."

아무리 일일 연속극을 좋아한다고 해도 저렇게까지 터득한 여섯 살 유치원생은 되지 않는다고 본다. 히나 스스로가 굉장히 슬기로운 아이인 거겠지.

감탄하는데 히나가 루미의 옷자락을 당겼다.

"언니. 같이 놀자. 혼자 노는 건 질렸어."

"안 돼. 약속했잖아. 언니는 공부해야 해. 성적이 안 좋으면 히나하고도 못 놀게 된단 말이야."

"재미없어. 언니, 쩨쩨해."

'치' 하고 불평하는 히나. 이런 모습은 제 나이에 맞게 귀엽다.

원래는 공부를 우선해야 하지만, 아오이도 마음에 걸린다. 좀 더 히나와 놀아도 괜찮겠지.

"루미. 잠깐은 놀아도 괜찮지 않을까?"

"뭐야~. 유야 오빠는 히나 편이에요?"

"아하하. 나도, 아오이도 히나와 사이좋게 지내고 싶으니까. ……응?"

힘없이 있는 아오이 쪽을 보며 그렇게 말하니, 루미가 눈치채고는 고개를 끄덕였다.

"오케이. 히나! 조금만 놀자!"

"정말?!"

"응. 유야 오빠하고 아오이 언니도 같이 놀아 준대. 잘됐다."

"야호! 고마워!"

히나가 그 자리에서 빙글빙글 돌고는 만세를 부르며 기뻐한다. 감정 표현이 풍부한 점은 자매가 빼닮았다.

"히나는 뭘 하면서 놀고 싶어? 언니는 뭐든지 좋아."

"그러면 소꿉놀이하고 싶어!"

히나의 그 한마디로 맥없이 있던 아오이도 갑자기 활기를 되찾았다.

"언니도, 소꿉놀이 잘해요. 같이 놀아요."

아하. 갑자기 활기차진 이유가 그 때문이군.

아오이는 아직도 곰 인형(베아트릭스)으로 소꿉놀이를 한다. 히나와 같은 눈높이에서 놀아 줄 수 있을 것이다.

"아오이 언니, 고마워!"

"후후. 천만에요."

히나가 기뻐하자, 아오이도 온화한 미소를 지었다.

오, 느낌이 좋은걸. 왠지 기대해도 될 것 같은데?

"히나. 어떤 소꿉놀이가 하고 싶어요?"

"음……. 네 명이라 역할을 정하는 게 어렵네. 남편이랑 아내랑 동생이 있고……."

보아하니 가족 구성을 고민하는 중인가 보다. 이렇게나 고민하다니, 소꿉놀이도 심오하구나…….

"정했다!"

잠시 뒤, 히나가 힘차게 말했다.

"히나는 '남편의 불륜 상대가 아내가 아끼고 사랑하는 동생'이라는 설정으로 소꿉놀이를 하고 싶어!"

그게 뭐야, 너무 막장이잖아!

그러고 보니 히나는 일일 연속극을 좋아한댔지……. 저리 환하게 웃는 얼굴로 막장 설정을 생각해 낼 줄은 생각도 못 했다.

"아오이 언니는 무슨 역할 할래? 아내 역, 양보해 줄까?"

"아, 아내 역이요……? 어려운 역할 같네요."

막장 설정에 아오이도 쓴웃음을 지었다. 곤혹스러운 듯하다.

"아쉬워라. 남편 역할은 유야 오빠지? 그러면 내가 아내 역할을──."

"히나! 역시, 제가 아내 역을 맡을게요!"

번쩍 손을 든 아오이.

왜 갑자기 의욕이 생긴 거지.

의아해하는데 루미가 팔꿈치로 콕 찔렀다.

"오빠. 아옷치한테 사랑받는군요."

"뭐? 갑자기 무슨 소리야."

"그렇잖아요. 히나가 '남편 역할은 유야 오빠'라고 하자마자 아내 역할을 자기가 하겠다잖아요. 분명 다른 여자에게 오빠를 내주기 싫어서 그런 게 아니겠어요?"

"무슨……!"

그런 이유로 아내 역할을 고른 건가……. 오늘의 아오이, 무자각으로 부끄러운 일만 골라서 한다.

"아하하. 오빠, 귀 빨개졌어요."

"루미. 그만 좀 놀려……."

진짜 약혼한 사이인 나로서는 진심으로 부끄럽다고.

얘기 끝에 배역이 정해졌다.

나는 남편, 아오이가 아내. 그리고 히나는 아오이의 동생이면서 나와 바람을 피운 악녀다.

참고로 루미는 카메라 감독을 지원했다. 소꿉놀이하는 모습을 영상으로 찍어 추억으로 남기고 싶단다.

"언니, 준비됐어?"

"오케이. 언제든 시작해, 히나."

루미가 그렇게 말하자, 히나가 내 팔에 달라붙었다.

"형부……. 오늘 데이트하자고 해 줘서 고마워."

"어어?!"

"아니지, 유야 오빠. 소꿉놀이는 이미 시작했다고."

"아, 시작한 거구나……. 오빠가 긴장해서……."

"나는 장난하는 거 아니야. 알겠어? 제대로 해."

"미, 미안……."

아무리 생각해도 장난이지만, 히나의 소꿉놀이에 대한 정열은 이해했다. 나도 진지하게 임해야지.

그런고로 소꿉놀이 Take 2.

"형부……. 오늘 데이트하자고 해 줘서 고마워."

"그 프렌치 레스토랑, 히나를 위해 예약한 거야. 야경이 예뻤지?"

"응, 참 예쁘더라. 근데 아내하고는 언제…… 우리 언니와는 언제 갈라설 거야?"

"그건……. 좀 더 기다려 줄래?"

"알겠어……. 그렇지만 불안하게 만들지 말아 줘. 나, 사랑하지?"

"그럼, 당연하지."

"언니보다?"

"당연한 걸 물어. 사랑해, 히나."

그렇게 말하고 나는 히나의 머리를 쓰다듬었다.

"……히나. 유야 오빠의 바람 상대, 역시 너였구나."

그때 드디어 아오이가 대화에 끼어들었다. ……근데 왜 나를 울먹거리면서 째려보지?!

저 뚱한 표정……. '나 말고 다른 여자하고 다정하게 굴다니! 바보, 바보!'라고 얼굴에 쓰여 있다. 아니, 그런 설정이니까 어쩔 수 없지 않아?!

히나가 내게서 떨어져 아오이와 마주 보았다.

"어머, 아오이 언니. 여긴 어쩐 일이야?"

"그건 내가 할 말이야, 이 도둑고양이! 남의 남편에게 손을 대다니, 비열해!"

"흥. 아내 행세할 수 있는 것도 잠깐이야. 형부는 나를 사랑해. 언니는 더 이상 필요 없대."

"뚫린 입이라고……! 막 나가기로 했나 봐?!"

"어머, 나도 모르게 본심이 새어 나왔네. 용서해. 오호호호호!"

아오이와 히나가 서로를 노려보며 격한 언쟁을 벌이고 있다.

다 좋은데, 너희 연기가 너무 실감 나는 거 아니야?

"……후후. 재미있는 말을 하는구나, 히나."

아오이는 아슬아슬하게 미소를 유지하고 있지만, 주먹

은 부들부들 떨고 있다.

　진정해, 아오이!

　이건 소꿉놀이야! 유치원생 상대로 진지해지면 어떡해!

　루미는 지금 웃음을 참으면서 촬영 중이다.

　오호라, 남의 일이라고 즐긴다 이거지?

　"형부가 언니에게 아직도 마음이 남아 있다고 생각해?"

　"글쎄? 발정 난 암고양이와 불장난하는 것뿐이잖아?"

　"아닌데? 형부는 내게 홀딱 빠졌어. 천한 돼지는 빠져 주겠어?"

　"누, 누가 돼지야?!"

　"여기 언니 말고 또 누가 있어! 돼지야, 돼지, 돼지!"

　"크으윽……. 감히 내게 모욕을 줘?! 용서 못 해!"

　파지직, 파지직!

　증오로 얼룩진 자매의 눈빛이 부딪치며 청백색 불꽃이 튄다.

　아무리 설정이라고는 하지만, 둘 다 악담의 어휘가 지저분하기 그지없다. 특히 히나. 어린애가 '천한 돼지'라니 그런 말 쓰지 마. 오빠는 네 장래가 심히 걱정돼…….

　아오이도 아오이다. 유치원생 상대로 너무 정색하잖아.

　아마, 이다음에는 나도 끼는 더한 막장 전개가 기다리고 있겠지.

　"하아…… 부담스러워."

당분간 소꿉놀이는 하기 싫다고 생각했다.

◆

"자, 여기까지. 촬영 끝. 다들 수고했어!"

루미가 소꿉놀이의 종료를 알렸을 때는 나도, 아오이도 녹초가 되어 있었다. 히나가 짠 심오한 작품 설정에 기진 맥진했기 때문이다.

"둘 다 괜찮아? 히나하고 놀아 줘서 고마워."

쓴웃음을 짓는 루미 옆에서 히나가 뿅 튀어나왔다.

"언니, 언니. 다음은 뭘 하며 놀까?"

"음, 노는 건 이제 그만. 우리는 이제 공부해야 해."

"에이. 쩨쩨해."

"참을 줄도 알아야지. 언니도 히나랑 놀고 싶은 거 참을 테니까."

"치. 참는 거 질렸어."

히나가 입을 비쭉 내밀며 재미없어한다.

어떻게 해야 하나 생각하는데,

"루미. 저, 히나와 놀고 싶어요."

아오이가 끼어들어 히나 편을 들었다.

"어? 하지만 공부도 해야 하는데……."

"가끔은 숨을 돌릴 필요도 있어요. ……부탁할게요. 안 될까, 요?"

"나왔다! 아옷치의 올려다보며 조르기!"

아오이의 응석 공격은 루미에게도 효과 만점이었다. 조금 전까지만 해도 공부할 생각이었으면서 벌써 고민 중이다.

"나, 아옷치의 조르기에는 약하단 말이지······."

"부탁이에요. 루미. 히나와 놀아 주죠."

"알겠어. 히나, 아오이 언니가 조금만 더 놀재!"

"정말?! 야호!"

히나가 아오이를 껴안았다. 아오이가 머리를 쓰다듬어 주니, 간지러운지 웃는다.

그나저나 아오이의 결단에는 놀랐는걸. ······아까부터 휘둘리기만 했는데 더 놀자고 하다니.

이 원동력······. 역시 실습에서 실패해서 우울해한 이유와 관계가 있을까?

뭐가 됐든 아오이가 힘을 내고 있는 거라면 나는 전력으로 도울 뿐이다.

"히나. 오빠도 같이 놀아도 될까?"

"좋아! 그러면 밖에서 놀래?"

"응. 공원으로 갈까?"

"에헤헤. 히나는 모래사장에서 성을 짓는 걸 잘해!"

의기양양하게 자랑하는 히나. 이 천진난만한 미소를 보

면 아까까지 막장 드라마 배우였다고는 생각 못 하겠다
니까…….

"유야 오빠. 히나가 제멋대로 구는 거에 맞추게 해서 미
안해요."

루미가 미안하다면서 합장하며 사과했다.

"마음 쓰지 마. 나도 즐거우니까. 그리고……."

"알아요. 아옷치 말이죠?"

"응……. 아오이 나름대로 힘을 내고 있으니, 응원하고
싶어."

"네. 나도 아옷치가 웃기를 바라니까. 도와줄게요."

"고마워. 든든해."

루미와 작게 얘기하는데 그를 알아차린 아오이가 고개
를 갸우뚱한다.

"루미. 유야 오빠와 무슨 얘기 해요?"

"응? 아옷치에게는 말할 수 없는 비밀 이야기."

"뭐, 뭐예요! 저만 따돌리고……. 오빠는 알려 줄 거죠?"

"아하하. 비밀이야."

"익! 알려 줘요!"

아오이가 볼을 빵빵하게 부풀리며 화내는 게 귀여워서
우리는 크게 웃었다.

◆

공원은 루미의 집에서 10분쯤 걸어 나간 곳에 있었다.

공원에는 모래사장과 철봉, 작은 정글짐이 구비되어 있다. 기구들은 작았지만, 뛰어놀기에는 충분한 면적이었다.

도착해서 시간이 얼마나 흘렀을까. 이미 날이 저물기 시작해서 공원이 노을빛으로 물들었다.

나와 아오이는 벤치에 앉아 모래사장에서 노는 루미와 히나 자매를 바라보는 중이다. 보아하니, 모래성을 짓는 모양이다. 그러고 보니 조금 전에 히나가 모래성을 잘 만든다고 했지.

옆을 힐끔 봤다.

아오이는 헐떡이고 있다. 예쁘게 정돈했던 머리는 부스스해지고 얼굴에는 피곤한 기색이 역력하다.

"어때? 숨 좀 돌렸어?"

"하아, 하아……. 꽤 회복된 것 같아요……."

"그렇게는 안 보이는데……."

응. 아무리 봐도 힘들어 보인다.

……뭐, 그런 일이 있었으니 무리도 아니지.

나는 공원에서 있었던 일을 회상했다——.

공원에 온 우리는 히나의 제안으로 술래잡기를 했다.

가위바위보를 한 결과, 첫 번째 술래는 루미가 되었다.

"내가 술래네. 좋았어! 술래잡기, 시작한다!"

시작 신호를 알리고 바로 루미가 뛴다. 하나로 묶은 금색 머리카락을 나부끼며 기분 좋게 달린다.

루미의 표적은 하나였다. 순식간에 거리를 좁혀 등을 살짝 때렸다.

"아하하! 언니, 너무 빨라!"

"하하하, 항복하는 건가!"

"항복! 언니, 멋져!"

웃으며 장난치는 자매를 아오이가 부러운 듯 보고 있다.

"오빠. 제가 빨리 달리면 하나도 기뻐해 주겠죠?"

"아마도……. 근데 무리는 하지 마, 알겠지?"

전에 루미에게 체육 시간에 아오이가 어떤지 들은 적이 있다.

운동이 서툴러서 루미처럼은 못 뛸 것 같은데…….

그런 걱정을 하자마자, 술래가 된 하나가 아오이 쪽으로 달렸다.

"아오이 언니, 거기 서!"

"후후후. 잡아 봐요, 하나."

즐겁게 뛰어다니는 두 사람.

그래. 아무리 운동이 서툰 아오이라도 유치원생을 상대로는 달리기로 지지는 않겠지.

이로써 아오이도 하나와 즐겁게 놀며 실습에서 실패한

일을 잊을 수 있겠어.

……그렇게 생각했는데.

"아오이 언니! 거기 서, 기다려!"

"헉, 헉……. 어, 언니, 여, 기에에에……."

아아! 벌써 지치다니!

아오이가 헉헉거리며 다리가 느려지고 있다.

한편, 히나는 두다다다 날쌔게 뛰어서 아오이를 뒤쫓는다.

그리고 결국 잡았다.

"잡았다! 이제 아오이 언니가 술래야. ……언니?"

"헉, 헉……. 다, 달리기가 빠르네요……. 체력도 엄청나고……."

"언니, 힘들어? 괜찮아? 다른 거 하고 놀까?"

"하아, 하아……. 미, 미안해요. 그렇게 해 줄래요?"

히나의 다정한 말에 안심하는 아오이.

유치원생이 걱정할 정도라니. ……정말 괜찮나?

술래잡기를 끝내고 다음은 그네를 타며 놀기로 했다.

"그네는 안 뛰어도 탈 수 있어! 아오이 언니도 힘들지 않을 거야!"

히나가 그렇게 제안했기 때문이다. 역시 루미의 동생. 어린데도 배려가 깊다.

공원의 그네는 스테인리스 그네로 두 개였다. 루미와 히나가 각각 앉고는 동시에 발을 굴렀다.

"이얏호! 아하하, 기분 좋아!"

루미의 웃음소리가 공원에 울려 퍼진다. 그대로 하늘로 빨려 들어갈 것처럼 그네를 높이 탔다.

"와! 언니, 굉장하다! 어떻게 그렇게 잘 타?!"

"히나. 그네는 상상력으로 타는 거야. 바람과 친구가 되는 게 비결이라고 할까?"

"아하하! 무슨 말이지 하나도 모르겠어!"

웃음보가 터진 건지 히나는 루미의 감각적인 조언을 듣고 폭소했다.

"아하하……. 좋겠다. 나도 언니처럼 타고 싶어……. 그렇지! 아오이 언니, 뒤에서 히나 등을 밀어 줄래?"

"네. 밀어 줄게요."

아오이는 그네를 타는 히나 뒤에 서서 등을 밀며 힘을 보탰다. 안전을 고려해, 속도가 너무 나지 않도록 주의하며 살살 밀고 있다.

"이얍! 어때요, 히나?!"

"아하하! 좋아! 언니, 좀 더!"

히나가 기쁘게 웃으며 발을 힘차게 굴렀다. 긴 머리카락도 기분 좋게 흩날린다.

술래잡기와 달리 체력 소모도 적다. 중간에 아오이가 지칠 일도 없겠지.

이번에야말로 히나와 아오이가 사이좋게 놀고 있다. 실습 때의 실패는 지금, 그네 타기로 인해 성공 체험으로 덧씌워졌다.

　……그런 줄 알았는데 또다시 아오이의 상태가 이상하다. 누가 봐도 움직임이 둔해졌다.

　"파, 팔에 쥐 날 것 같아요……."

　에잇! 근력도 없었던 거냐!

　그보다 뒤에서 미는 사람이 팔이 안 올라가면 위험하지 않나?!

　"아오이! 내가 교대할 테니 벤치에서 쉬어!"

　"오빠……. 며, 면목이 없어요……!"

　본인이 어지간히도 한심했는지 아오이는 울상으로 무사처럼 말했다.

　──그렇게 휴식을 취하게 되어 지금에 이른 것이다.

　날은 이미 저물기 시작했다. 칸베 자매가 모래성을 완성할 무렵에는 집으로 돌아가야 한다.

　드디어 회복한 아오이는 모래사장에서 노는 자매를 멍하니 바라보았다.

　"히나가 즐거워 보이네요."

　"응, 애들은 힘이 넘치는 것 같아."

　"……저도 루미처럼 놀아 줄 수 있다면 좋았을 텐데."

아오이가 시선을 올려 노을 진 하늘을 쳐다본다.

"저, 아이는 좋아해요. 그런데, 기력을 감당할 수가 없어서……. 실습 때도 아이에게 휘둘리다가 결국 지쳐 버렸구요. 아이들은 더 놀고 싶어 하는데, 못 해주니까 좀 미안하더라고요……."

슬픈 목소리가 공원에 조용히 울린다.

아오이는 내 쪽을 보고 난처한 웃음을 지었다.

"저는 아이와 노는 게 맞지 않는 걸까요?"

"그렇지 않아."

내가 강하게 부정하자, 아오이의 눈이 휘둥그레졌다.

"그래, 아오이가 먼저 지칠지도 몰라. 하지만 나는 바로 옆에서 봐서 알아. 아오이와 노는 히나는 정말 즐거워 보였어."

오늘 하루를 돌이켜 보면 알 수 있다.

둘이 사랑 이야기를 할 때는 마음이 잘 맞는 친구와 웃음꽃을 피우는 듯이 보였다.

소꿉놀이를 했을 때도 히나는 신이 나서 즐거운 것 같았다. 분명 소꿉놀이를 좋아하는 아오이가 아니었다면 히나를 상대로 실감 나게 놀아 주지 못했을 것이다.

공원에 와서도 히나의 웃음소리는 끊이지 않았다.

술래가 되고는 가장 먼저 아오이를 노렸다. 그건 아오이와 술래잡기하며 놀고 싶은 마음이 행동으로 드러난 것이겠지. 심지어 그네를 태워 줄 때는 오늘 가장 밝게 웃었다.

그러니 안 맞을 리가 없다.

나는 자신 있게 말할 수 있다.

"히나는 아오이하고 또 놀고 싶을 거야, 분명히."

"그럴, 까요……."

아오이는 아직 자신이 없는 모습이었다. 발치를 보며 풀이 죽었다.

"아오이. 고개를 숙이고만 있으면 중요한 것을 놓치게 돼. 고개 들어 볼래?"

"……네?"

아오이가 조용히 고개를 들었다.

오렌지빛으로 물든 하늘.

둥실둥실 떠다니는 솜사탕 같은 구름.

그 아래서 히나가 웃으며 놀고 있다.

"아오이 언니! 성, 다 만들었어! 봐 봐!"

흙투성이가 된 손을 크게 흔드는 히나. 마치 보물을 자랑할 때처럼 기분이 좋아 보인다. 보기만 해도 절로 미소가 지어진다.

히나의 한없는 명랑함은 아오이의 우울한 표정도 웃는 얼굴로 바꾸었다.

"……후후. 아이는, 정말 굉장하네요."

눈웃음을 짓는 아오이의 옆얼굴은 노을빛에 비쳐 아주

예뻤다.

"아오이 언니! 이리로 와서 성 좀 봐 봐!"

기다리지 못하겠는지 히나가 우리가 앉은 벤치로 뛰어왔다. 아장아장 뛰는 모습이 얼마나 흐뭇한지.

"지금 갈게요. 뛰면 위험해요."

"괜찮아! 그보다 얼른──. 앗!"

"히나!"

히나가 발이 걸려 넘어졌다. 그와 동시에 모래사장에 있던 루미가 히나의 이름을 비명을 지르듯 외쳤다.

이런! 다쳤으면 큰일이야!

황급히 벤치에서 일어나려 한 바로 그때였다.

"히나! 괜찮아요?!"

나보다 먼저 아오이가 일어섰다. 전속력으로 히나에게 달려간다. 그 반응 속도에 놀라면서 나도 아오이를 쫓았다.

루미까지 셋이서 히나의 상처를 확인해 보니, 다행히 히나는 무릎이 살짝 까지기만 했다. 얼굴과 손은 다치지 않았고 가슴 등을 세게 부딪치지도 않았다.

우리는 일단 한시름 덜 수 있었다.

"히나. 괜찮아. 이 정도 상처는 금방 나아."

루미가 히나의 머리를 부드럽게 어루만지는데 대답이 없다. 눈물을 참는지 입술을 깨물고 있다.

방금까지만 해도 즐거웠는데 넘어져서 다친 데 충격을

받은 거겠지……. 딱해라.

아무튼 일단 응급 처치를 해 두는 게 좋다.

혹시 모르니 걸을 수 있는지 확인하자. 무리 없이 걷는
다면 공원 수돗가에서 상처를 씻어 낸 뒤에 집으로 가서
치료를──.

"히나, 아파요?"

나보다 앞서 아오이가 히나에게 물었다.

히나는 입술을 한일자로 다문 채, 아무 대답도 않았다.

그런 히나의 모습에 아오이가 웅크려 앉았다. 히나와 눈
을 맞추고 대견하다는 듯 고개를 끄덕인다.

"이제 괜찮아요. 아오이 언니가 옆에 있잖아요. 아파도
안 울다니, 기특해요."

그렇게 말하며 아오이가 미소 짓자, 히나의 표정이 살짝
풀렸다.

"……히나, 기특해?"

"네. 저였다면 울었을지도 몰라요. 멋있어요, 히나."

"에헤헤……. 언니! 히나가 멋있대!"

"역시 히나야. 장해, 언니 감동했어!"

두 언니에게 칭찬받은 히나는 기분이 완전히 좋아졌다.
무릎 통증은 잊은 지 오래다.

"이제 수돗물로 상처를 씻으러 가요. 아픈 거 참을 수 있
는 사람~?"

"나!"

아오이의 물음에 맞춰 히나가 활기차게 대답했다.

갑자기 가슴 안쪽이 따뜻해진다.

왜일까. 어쩐지 그리운 광경을 보는 듯한 기분이 든다.

……아아, 그래.

나와 아오이가 처음 만난 날이다.

나는 지금 그때와 완전히 똑같은 광경을 보고 있다.

마침 그날도 저녁 무렵에 공원에 있었다. 넘어져서 무릎이 까진 아오이를 내가 응급 처치를 해 줬지.

분명, 그때 나도 금방이라도 울음을 터트릴 듯한 아오이에게 '아픈 거 참을 수 있는 사람~?' 같은 말을 했던 것 같다……. 아오이가 나를 따라 했다고 생각하니, 기쁘기도 한편 좀 간지러운 기분이다.

아오이가 일어나 히나의 손을 잡았다.

"히나, 걸을 수 있어요?"

"괜찮아! 히나는 멋지니까!"

"후후. 역시 멋지네요. 대단해요."

둘은 공원 안에 있는 수돗가로 걸어갔다.

문득 조금 전에 아오이가 한 말이 떠오른다.

'저는 아이와 노는 게 맞지 않는 걸까요?'

맞지 않을 리가 없잖아.

왜냐하면 울먹거리던 히나를 웃게 했으니까.

아오이의 성장을 곱씹는데 어느샌가 내 옆에 루미가 서 있었다.

"오빠. 느낌이 좋지 않아요? 작전 성공 같은데요?"

루미가 '예~!'라며 브이를 했다.

"그러게…… 느낌이 좋아."

오늘 일은 아오이 안에서 자신감이 되었을 터다. 이제 실습을 실패한 일을 질질 끌며 우울해하지 않겠지.

"히나도 대견해. 끝까지 안 울었어."

"응, 응, 대견해요! 원래 울보인데 깜짝 놀랐다니까요!"

"그래? 그러면 언니로서는 기쁜 성장이네?"

"기뻐 죽겠어요. 병아리를 지켜보는 어미 닭의 심경을 알았달까요."

병아리*라니……. 아아. '히나'의 이름과 발음이 같아서 빗댄 건가.

"아하하. 말 잘하네."

"그렇죠? 저, 글재주가 있는 게 아닐까요?"

"그럴지도. 현대문 시험은 기대해도 되겠는걸."

"저기요. 짓궂은 말 하지 말라고요~."

우리는 웃으며 아오이와 히나가 있는 곳으로 향했다.

---

*병아리를 뜻하는 단어인 히나도리(ひな鳥).

♦

상처를 수돗물로 씻어 낸 뒤, 우리는 루미네 집으로 돌아왔다.

아오이는 구급상자에 있던 소독제와 반창고로 응급 처치를 했다.

"따가워!"

처치 당시 히나는 아프다며 소리쳤지만, 지금은 잘 돌아다니고 있다.

거실 소파에 앉아 잡담을 나누는데 히나가 아오이의 옷자락을 살짝 당겼다.

"있지, 아오이 언니. 히나가 좋아하는 방송, 볼래?"

"좋아요, 보고 싶어요. 애니메이션인가요?"

"아니, 일일 연속극!"

"일일 연속극요?! 저, 처음 봐요…….'"

"그러면 입문용 드라마로 보자. '카에데와 츠바키'라는 드라마야. 주인공인 츠바키가 카에데의 남편과 바람을 피우는 전개가 좀 정석적이지만, 아주 재미있어!"

"불륜이 정석적이에요?!"

"일일 연속극에서는 당연한 소재야. '카에데와 츠바키' 몰라? 카에데가 바람피우는 남편에게 휘두른 '부엌용 스펀지를 사용해 만든 스펀지케이크'는 되게 유명한데?"

"카에데라는 분, 화가 많이 난 거죠……?"

"아무튼 분명 푹 빠질 거야! 녹화해 둔 거 있으니까 보자."

"……후후. 알겠어요. 저에게 일일 연속극에 대해 가르쳐 줘요."

"응! 나만 믿어!"

두 사람은 TV 앞으로 이동해서 드라마를 보기 시작했다. 여고생과 유치원생이 막장 드라마를 보는 이 광경, 어쩐지 초현실적인 모습이다…….

그래도 낮과 비교하면 사이가 좋아진 듯 보인다. 아오이가 애쓰려 하지 않고 자연스럽게 대하는 것도 좋은 변화다.

그런 둘을 가만히 보는데 루미가 내 옆에 앉았다.

"오빠. 우리 히나를 아오치에게 뺏겨 버렸어요. 흐앙."

우는 시늉을 하는 루미. 하긴, 저렇게까지 따르면 언니로서 쓸쓸할 수도 있겠다.

"미안. 오늘만 아오이에게 빌려줘."

"오빠는 쓸쓸하지 않아요? 아오치를 우리 히나한테 뺏겼는데?"

"아하하. 아이 상대로는 질투 안 해."

"쳇. 오빠라면 제 기분을 이해해 주리라 믿었건만……. 아, 그렇지."

톡, 우리 둘의 어깨가 닿는다.

루미가 나를 올려다보았다.

"오빠는 내가 빌릴까……. 지금 이 상황, 딱 '카에데와 츠바키' 같지 않아요? 남편이 오빠고 제가 불륜 상대인 츠바키인 거죠."

"이 녀석이. 농담하지 말고 떨어져."

"어머, 쑥스러워한다! 오빠, 귀여워!"

아하하 웃는 루미.

딱히 쑥스러하는 게 아니다. 아오이가 보면 화낸다는 의미에서……. 잠깐, 이미 봤어?!

"루~미~? 제 유야 오빠에게 무슨 짓이에요?"

아오이는 분명 TV를 보고 있었는데 어느샌가 우리 눈앞에 있었다.

화난 아오이를 보자마자, 루미는 급히 내게서 떨어졌다.

"아, 아옷치? 표정이 너무 무서워. 그렇게 화내면 주름 생긴다?"

"어물쩍 넘어가려 해도 소용없어요! 오빠한테 딱 달라붙으려고 했죠?!"

"그건 그냥 오빠를 놀려서 반응을 즐기려고……. 에잇, 도망치자!"

"정말! 거기 서요!"

아오이와 루미의 쫓고 쫓기기가 시작되었다.

"언니들, 치사해! 히나도 끼워 줘!"

히나도 기쁜 듯이 참전하고부터 거실은 혼돈 그 자체다.

젊구나, 너희들. 솔직히, 나는 노느라 피곤해서 몸이 느른해…….

후, 한숨을 쉬고 TV 화면을 본다.

화면에는 부엌용 스펀지에 생크림을 바른 증오의 스펀지케이크가 나오고 있었다.

◆

추격전 한 판이 끝나니, 밖은 밤이 되어 있었다.

시각은 저녁 6시 30분. 곧 저녁 식사 시간이기에 나와 아오이는 돌아가기로 했다.

루미뿐만 아니라, 히나도 배웅을 위해 현관까지 나와 주었다.

"아오이 언니, 가는 거야?"

눈썹을 팔자로 내려뜨리며 시무룩해하는 히나. 기껏 친해졌는데 더 놀고 싶은 거겠지.

아오이가 히나 앞에 쭈그려 앉아, 부드럽게 미소 지었다.

"히나, 저와 또 놀아 줄래요?"

"어?! 또 올 거야?!"

"물론이죠. 우리는 이제 친구잖아요."

"……응! 친구야!"

히나가 활기차게 고개를 끄덕였다. 아오이가 일어나 손

을 흔들었다.

"바이, 바이, 히나."

"바이, 바이! 또 보자!"

작별 인사를 마치고, 나와 아오이는 집으로 향한다.

아오이는 히나의 모습이 안 보일 때까지 아쉬운 듯 손을 흔들었다.

정말 많이 친해졌다는 것을 마음속 깊이 느꼈다.

2월의 밤은 춥다. 나와 아오이는 어깨를 맞대며 귀갓길을 걸었다.

"오빠. 오늘 정말 고마웠어요."

잠시 걷고 있으니, 아오이가 갑자기 감사 인사를 했다.

"고맙다니, 뭐가?"

"후후. 제가 모를 줄 알았어요? 히나 말이에요. 제가 실습을 실패한 거로 자신감이 잃은 것 같으니까 기운 나게 하려고 해 준 거죠?"

핵심을 찔린 탓에 놀라 나도 모르게 발길을 멈추었다.

"알고 있었구나⋯⋯. 걱정돼서 그랬어. 미안, 오지랖이었어?"

"사과하지 말아요. 오지랖이라고 생각 안 하니까요⋯⋯. 그냥, 역시 좀 치사하다 싶어서요."

"치사하다니?"

"제 마음을 어떻게 매번 아는 거예요?"

"……응?"

"실습 건으로 우울할 때, 오빠가 격려해 주면 좋겠다고 생각했어요. 오빠라면 분명히 제 고민을 해결해 줄 수 있다고……. 오빠는 저의 영웅이니까요."

아오이가 수줍어하며 웃었다.

……그러다 쑥 얼굴을 가까이 가져왔다.

"그런 제 마음을 어떻게 알았어요? 치사해요."

"마음을 알았다고 해야 하나, 나는 그저 아오이가 걱정돼서……. 잠깐, 얼굴이 가까운데?!"

곧 코끝이 닿고 말 것이다.

나는 반사적으로 반걸음 물러섰다.

"정말요? 실은 비결이 있는 게 아니고요?"

"없으니까 떨어지자, 응?"

"'시라토리 아오이 취급 설명서' 같은 게……."

"없어!"

그건 좀 그렇잖아, 연인이 그런 설명서를 만들면!

"역시 치사해요."

아오이가 그렇게 말하며 뒤로 물러났다.

"이렇게 저를 생각해 주고……. 더욱더 좋아져 버릴 거예요."

"그건 기쁜데, 정말 비결 같은 건 없어."

"익……. 저도 오빠의 마음을 헤아려서 도와주고 싶어요."

아오이가 볼을 부풀리며 나를 본다.

……그런 귀여운 이유로 토라지면 나도 모르게 놀리고 싶어진다.

"무슨 소리야. 아오이는 나를 몇 번이나 도와줬는걸?"

"……그래요?"

"일하면서 짜증 나는 일이 있었을 때도, 집에 오면 아오이가 웃는 얼굴로 마중 나와 주고. 피곤할 때도 아오이가 만든 요리를 먹으면 기운이 나고. 응석을 부리면 행복하다는 걸 실감하게 되고. 최근에는 서프라이즈 이벤트도 자주 해 주잖아? 아오이가 나를 위해 열심히 하는 거, 진심으로 기뻐——."

"그, 그만! 알았으니까, 이제 그만해요……. 바보."

아오이의 얼굴이 빨개져 있었다. '바보'가 더 이상 쑥스러움을 감추지도 못하는 것에 무심코 웃고 말았다.

"하여간. 오빠는 금세 놀린다니까요."

"미안해. 그래서, 어때? 아이와 놀 자신이 생겼어?"

"네, 덕분에요. 제게 부족한 건 기초 체력밖에 없다는 걸 알았어요."

"아~. 술래잡기할 때, 금방 잡혔지."

"아이참. 그런 말 하는 거 금지예요."

"아하하. 미안, 미안."

내가 웃으니, 아오이도 따라 웃었다.

아이를 대하는 것이 불편하다는 의식은 없어진 것 같네.

이것도 전부 루미, 히나 자매의 덕분이다.

……실습 때의 실패를 극복한 지금이라면, 물어봐도 괜찮을지 모른다.

"있잖아, 아오이. 실습이 잘되지 않았다고 왜 그렇게까지 우울해한 거야?"

수업에서 실수한 것쯤으로 나와 루미가 걱정할 정도로 우울해했다. 그 나름의 중요한 이유가 있으리라고 생각한다.

나는 내내 그게 궁금했다.

아오이가 주저하다가 진지하게 말했다.

"말할게요. 아까 놀던 공원으로 가지 않을래요?"

"그래, 알겠어."

가로등에 비친 겨울의 밤길을 따라 걸었다.

잠시 뒤, 공원이 보이기 시작했다.

저녁 무렵의 공원과는 다르게 꽤 어둡다. 가로등이 비추고 있는 건 그네와 벤치 정도다.

"그네로 가요."

아오이가 그렇게 말하기에 우리는 그네에 앉았다.

"저, 오빠에게 보고하지 않은 게 있어요."

"보고?"

"네. 진로 얘기예요."

아오이가 말할 때마다 하얀 숨결이 밤에 빨려 들어간다.

"아직 고민 중이라 말하기를 망설였는데……. 오늘, 드디어 결심이 섰어요."

약간의 틈을 두고 아오이가 말을 이었다.

"실은 저, 교육학부가 있는 대학교로 진학할까 생각 중이에요."

"교육학부? 그러면 선생님이 되고 싶은 거야?"

"네. 가능하면 초등학교 선생님이 되고 싶어요. 어린아이도 좋아하고, 공부도 가르치고 싶어서요."

"그렇구나……. 하고 싶은 일을 찾았구나! 축하해, 아오이! 이야, 잘됐다!"

무의식적으로 그네에서 벌떡 일어서서 기뻐하자, 아오이가 키득키득 웃었다.

"후후. 고마워요."

"응? 내가 무슨 이상한 소리라도 했어?"

"아니요. 그냥, 아직 진로가 확실해진 것도 아닌데 자기 일처럼 기뻐해 주는 게 기뻐서요."

"그야 당연히 기쁘지. 좋아하는 사람이 꿈을 찾았다는 소식을 들었으니까."

"가, 갑자기 좋아하는 사람이라고 짚지 마요. 바보."

아오이가 내 무릎 주변을 찰싹 때렸다. 가로등에 비친 아오이의 하얀 뺨은 살짝 발갛게 달아올랐다.

나는 다시 그네에 앉았다.

"아하하, 미안. 근데 이제야 이해가 가네. 실습 때문에 그렇게 우울해 한 건, 진로랑도 이어지니까 그랬구나.

유아 교육 연구 실습은 유치원에서 이루어졌다. 상대가 초등학생은 아니지만, 어린아이임에는 변함이 없다. 아오이는 아이들과 교류가 잘 안 됐기에, 선생님은 적성에 안 맞을지도 모른다고 고민한 것이다.

"오빠에게 좀 더 빨리 알릴 걸 그랬네요. 이렇게 응원해 주는데…… 미안했어요."

"괜찮아. 아직 진로를 고민하는 중이었잖아. 만약 알려 줬다가 백지로 돌리면 내가 기뻐한 게 헛될까 봐…… 그래서 결심이 설 때까지 말하지 않은 거지?"

"……굉장해요. 그런 것까지 알다니."

"뭐, 그렇지. 나는 그런 아오이의 다정한 배려를 정말 좋아하니까."

"그, 그런가요……. 저도 오빠를 아주 아주 좋아해요."

어째선지 '좋아하는 마음'으로 경쟁하고 있다.

아니, 그런 '내가 더 좋아한다고요!'라는 눈으로 보지 말아 줘. 반응하기가 난감하니까.

"고, 고마워. 그건 그렇고 선생님을 희망하게 된 계기가 있었어?"

하던 얘기로 돌아와 묻자, 아오이가 몇 번인가 있었다면서 기뻐하며 이야기하기 시작했다.

"가장 처음은 루미에게 공부를 알려 줄 때였어요. 루미는 요령이 좋아서 가르치는 걸 금방 흡수하지 않아요?"

"아, 나도 같은 생각을 했어. 가르치는 보람이 있더라."

"맞아요. 문제가 풀리면 기쁘게 웃어요. 그렇게 웃을 때마다 저도 같이 웃게 되고……. 그때 깨달았어요. 아, 나는 공부를 가르치는 걸 좋아하는구나."

그 마음은 나도 안다.

나도 업무를 가르친 후배가 한 사람 몫을 하게 될 때면, 그렇게 기쁘니까.

"그리고 아무 생각 없이 선택한 유아 교육 연구 수업도 계기 중 하나였어요. 아이에게 관심이 생겼달까, 아이를 좋아하는 저의 마음을 재발견할 수 있었죠."

"그랬구나. 여러 계기로 진로를 정한 거네."

"네. 근데 그뿐만이 아니에요. 더 결정적인 계기가, 내내 마음속에 있었거든요. ……최근에서야 알았어요."

아오이가 조용히 그네에서 내렸다.

그리고는 내 앞에 서서 미소 짓는다.

"제가 초등학교 선생님이 되고 싶은 이유는 오빠와 만났기 때문이에요."

"어……. 나를?!"

솔직히, 확 와 닿지 않는다.

우리의 만남은 서로의 미래에 큰 영향을 끼쳤다. 이렇게 결혼을 전제로 사귀게 되었으니, 그건 틀림없다.

하지만 아오이의 꿈을 정할 계기가 되었을 줄은 생각지도 못했다.

"전에도 말했잖아요……. 오빠처럼 '믿음직한 어른'이 되고 싶다고."

물론 들은 기억은 있다. 내 생일 다음 날── 아오이의 진로 방향이 정해진 날이다.

"그런데 그건 내 업무 태도에 대한 평가였잖아. 우리가 만난 것과는 관계없지 않아?"

"관계있어요. 어른은 아니었지만, 처음 만났을 때부터 오빠는 멋있고 다정하고 믿음직스러운 오빠였으니까요."

"아오이……."

"그날, 오빠는 울먹거리던 저를 도와줬어요. 그 추억을 지금도 여전히 선명하게 떠올릴 수 있어서, 오늘 히나를 똑같이 도와줄 수 있었다고 생각해요."

아오이가 말을 잇는다.

"그래서, 저도 오빠 같은 사람이……. 고민하는 아이를 이끌어 줄 수 있는 사람이 되고 싶어요. 가슴을 펴고 당당하게 말할 수 있어요."

"그런 인물상의 직업이 선생님이란 말이구나……. 아하하. 어쩐지 쑥스럽네."

조금 간질간질하지만, 내가 아오이의 목표였다는 점은

기쁘다.

나도 그네에서 일어나, 아오이를 보며 웃었다.

"얘기해 줘서 고마워. 나, 앞으로도 아오이의 꿈을 응원할게. 너 자신이 되고 싶은 어른이 되도록 해!"

"네……."

조금 전까지 힘차게 꿈에 관해 얘기하던 아오이가 지금은 약간 불안해 보인다.

"아오이. 왜 그래?"

"그…… 아이에게 존경받는 선생님이 되어도, 남편에게는 어리광 부려도 되나요……?"

뭘 불안해하나 했더니, 미래에 어떻게 어리광을 부려야 하나 고민한 건가. 정말이지, 아오이도 어리광쟁이라니까.

문득 정장을 입은 아오이가 어리광을 부리는 미래를 상상해 본다.

겉으로는 유능한 어른인데 내 앞에서만은 어리광 부리는 아오이……. 가능해. 가능하고도 남아. '오빠, 같이 반주를 어울려 줬으면 하는데……. 안 돼?'라며 살짝 취한 아오이가 조르는 미래는 매우 있을 법하다.

"오빠? 제 얘기, 듣고 있어요?"

"물론이지. 그 갭이 귀여워서 좋다고 봐. 근데 우리 서로 술은 적당히 마시자, 알았지?"

"갭……. 술……? 무슨 얘기예요?"

나는 의아해하며 고개를 갸웃하는 아오이가 귀여워서 웃었다.

"아하하, 아무것도 아니야. 어른이 돼서도 사양 말고 어리광 부려도 된다는 얘기야."

"정말요?"

"응. 아오이의 어리광을 받아 주는 거, 좋아하니까."

"그렇군요⋯⋯. 그러면 잔뜩 부릴 거예요? 제가 말하는 잔뜩은 정말 엄청나요."

"⋯⋯어떻게 엄청난데?"

궁금해서 나도 모르게 묻고 만다.

"그건⋯⋯ 유야 오빠의 상상에 맡길게요."

아오이가 주뼛주뼛하다가 그렇게 답했다.

왜 얼굴이 붉어지는 걸까.

혹시 생각하는 것만으로도 부끄러운 어리광을 상상하고 있나⋯⋯?!

문득 밸런타인데이가 떠올랐다. 수영복에 앞치마만 입고 어리광을 부렸을 때 정말 위험했는데, 설마 그보다 더 하다고?!

심장이 두근두근하는데 아오이가 내 옷자락을 쥐었다. 올려다보는 시선이 '야한 생각 하면, 맴매예요?'라고 말하고 있다.

속마음을 간파당해, 뺨이 화끈 달아오른다.

"그, 그러고 보니까 다음 달은 화이트데이네!"

"그, 그러네요! 시험 공부를 하다 보니, 어느새 시간이 쏜살같아요!"

황급히 화제를 바꾸자, 아오이도 이때다 싶은지 덥석 물었다.

"마침 기말시험이 끝나는 무렵인가……. 그러면 시험 치르느라 고생한 것을 치하할 겸, 화이트데이는 호화로운 상을 준비해 둘게."

"상……. 정말요?!"

아오이가 기뻐하면서 내 손을 잡았다.

"그럼. 뭐가 좋겠어?"

"오빠한테 맡길게요. 아, 비밀로 해 줘요? 상이 어떤 걸까 고대하고 싶거든요."

"알겠어. 생각해 놓을게."

"고마워요……. 후후, 신난다."

기뻐하는 아오이를 따라서 나도 웃는다.

손을 잡고 공원을 나와 집으로 향한다.

2월의 밤은 아직 춥지만, 아오이와 딱 붙어 걸으며 집으로 돌아가는 길은 따뜻했다.

제3장 마음을 담은 선물

며칠이 지나, 3월이 되었다.

아직 봄이 오려면 멀었기에 밖의 기온은 낮다. 난방을 튼 집 안에서, 나와 아오이는 료코 아주머니와 영상 통화를 하고 있다.

료코 아주머니는 아직 오스트레일리아에서 장기 출장 중이시다. 딸을 보지 못하는 만큼 이렇게 자주 연락한다.

이번 통화의 주된 주제는 아오이의 진로였다. 아주머니도 딸의 진학이 걱정되실 테니 보고해야 할 사안이다.

「아오이는 선생님이 되고 싶구나……. 장래를 생각하고 있는 듯해서 안심했어. 어른이 다 됐네.」

료코 아주머니가 진지하게 말씀하신다.

나에게 자식은 없지만, 부모가 딸의 장래를 염려하는 마음은 알 것도 같다.

"걱정이 과해요."

한편, 아오이는 그렇게 답하며 못 말린다는 듯 웃었다.

"엄마도 참, 저도 이제 다 컸다고요."

「그래? 근데 아직도 곰 인형과 놀잖니?」

"그, 그거랑 진로는 관계없잖아요!"

「어머나. 다음 달에 고등학교 3학년이 되는데 여전히 반항기구나.」

"누구 때문인데요!"

'아르르르'라고 으르렁대며 휴대폰 화면에 뜬 료코 아주머니를 노려보는 아오이.

정말 사이좋은 모녀라니까.

「그래도 역시 엄마로서 딸의 장래는 신경 쓰이는걸. 걱정 정도는 하게 해 주렴.」

"익. 이제 애가 아니에요."

「아니, 애야.」

료코 아주머니가 토라진 아오이를 똑바로 본다. 조금 전의 장난기 어린 웃음이 아니라, 자애로움이 넘치는 미소로 바뀌어 있다.

「앞으로 네가 몇 살을 먹든⋯⋯. 결혼해서 아이를 가져도, 할머니가 돼도 아오이는 자랑스러운 엄마 딸이란다.」

"엄마⋯⋯."

「에구머니. 갑자기 분위기가 숙연해졌네. 미안하구나.」

"그⋯⋯. 엄마도 언제까지나 제 엄마예요. 몸조심해서 오래오래 사셔야 해요."

새삼스레 마음을 전하는 게 쑥스러운지 아오이는 아주머니에게서 시선을 돌렸다.

나도 아오이의 마음에 공감이 갔다. 부모님에게 얼굴을 마주하고 감사한 마음을 전하는 것은 꽤나 멋쩍으니까.

화면 너머의 아주머니께서는 온화한 미소를 짓고 계셨다. 분명 딸이 전한 뜻밖의 마음이 기쁘셨으리라.

「고마워, 아오이.」

"뭐, 뭘 이런 거로요…… 자식도 엄마 걱정은 해요."

「어머. 츤데레구나.」

"아이참! 자꾸 놀릴 거예요?!"

아오이가 또다시 료코 아주머니를 노려봤다. 마음이 따뜻해지는 대목에서 결국 이렇게 되어 버리는 게 시라토리 집안답다.

「이런, 곧 나가 봐야 할 시간이야. 또 연락 주려무나…… 유야, 아오이를 잘 부탁할게.」

"맡겨 주세요. 아주머니도 건강하세요."

인사를 나누고 통화를 끊는다.

옆에서는 아오이가 뾰로통하게 있다. 아주머니가 놀린 게 골이 난 거겠지.

"하여간. 진지하게 얘기하고 있는데 바로 장난을 치신다니까요."

"아하하. 료코 아주머니도 쑥스러우셨던 거야. 어른이 돼도 얼굴을 마주하고 고마운 마음을 전하는 건 쑥스러우니까."

"오빠도요?"

"응. 그래도 되도록 표현하려고 하고 표현해 줬으면 좋겠어."

"표현해 줬으면 좋겠다라……."

아오이가 내 쪽을 가만히 바라본다.

하고 싶은 말이 있어 보이는데……. 여느 때처럼 뭘 조르려는 건가?

"그……. 저를 좋아해 줘서. 고마워요."

"어?!"

왜 갑자기 대화가 그리로 튀어?

혹시…… 방금 '고마운 마음을 표현하고 싶고, 표현해 줬으면 좋겠다'라고 말해서?!

"아무리 피곤해도, 언제나 저를 가장 우선해 주는 거, 정말 기뻐요."

"으, 응……."

"일도 열심히 하는 거, 멋져요."

"저기, 이제 그만해도 돼……."

"개인적으로는 요리도 배워서 점점 더 근사해……."

"부끄러우니까 그만해 줄래?!"

취지가 미묘하게 어긋났어! 그냥 칭찬 지옥이 됐다고!

"이익. 오빠가 표현해 달래서 말한 건데요?"

"거의 내 칭찬만 했잖아……. 아오이도 들으면 알 거야.

두근두근거리니까."

"그러면 어디 한번 해 봐요."

아오이가 얼굴을 붉히며 내게 기대하는 눈빛을 보낸다.

공수 역전인가……. 이건 칭찬을 되돌려 줄 기회 아닌가?

나는 아오이의 어깨에 손을 올렸다. 그대로 눈을 맞추니, 아오이의 얼굴이 점점 빨개져 간다.

"아오이. 항상 맛있는 요리를 만들어 줘서 고마워."

"네, 네. 천만에요……."

"응석 부리는 거, 정말 귀여워."

"귀, 귀여워요?!"

"응. 좋아해."

"하웃……!"

아오이가 내게서 떨어져서 두 손으로 얼굴을 감쌌다. 그러고는 그대로 달려 자기 방으로 들어간다.

쾅!

파닥파닥!

방에서 소리가 들린다. 몸부림을 치는 소리다.

쑥스러움을 견디지 못하고 침대에서 괴로워하는…… 건가?

지금쯤 새빨개진 얼굴을 베개에 묻고 발버둥을 치고 있을지도. 아니면 베아트릭스를 사랑스러운 듯 꼭 껴안고 칭찬을 곱씹거나.

"······료코 아주머니가 아오이를 놀리는 이유를 알 것 같단 말이야."

나는 소파에 누워 아오이의 귀여운 반응을 상상했다.

◆

화이트데이가 다음 주로 다가온 어느 날에 있었던 일.

나와 치즈루 씨는 휴대폰 메시지를 통해 은밀하게 의논하고 있었다.

「치즈루 씨. 다음 주면 화이트데이네요.」

「응. 그러게.」

「이이즈카 씨에게 드릴 답례는 어떻게 할까요? 저는 무난하게 과자를 드릴까 하는데······. 뭔가 생각해 두신 거 있어요?」

「사전 조사도 안 하고? 그럼, 앞치마는 어때?」

「이유는요?」

「이이즈카가 요즘 요리에 빠진 듯해. 그 증거로 프라이팬을 새로 맞췄다고 들었어. 즉, 지금 이이즈카가 관심이 많은 '요리'와 관련한 물건을 주면 기뻐하지 않을까?」

「그렇군요······. 역시 치즈루 씨세요.」

특별한 것 없는 일상대화에서 상대방의 생각을 추측하는 통찰력. 이것이 바로 치즈루 씨가 부하를 잘 돌본다는 말을 듣는 이유다.

「그리고 이렇게 말하기는 했지만, 이이즈카에게 직접 묻는 게 가장 좋다고 보는데?」

「네? 직접 물어보자고요?」

「그래. 앞치마가 어떠냐고 예로 들긴 했지만, 어디까지나 추측에 불과하니까 말이야. 딱히 깜짝 선물도 아니니, 실패하지 않는 방법으로 가는 게 확실하다고 생각해.」

「그건 그러네요. 곧 점심시간이니까 물어보러 갈까요?」

「그래. 그러지.」

그렇게 비밀 의논을 마쳤다.

우리는 자리에서 일어나 이이즈카 씨의 책상으로 향했다. 이이즈카 씨는 마침 업무를 중단하고 의자에 앉은 채 기지개를 켜고 있었다.

"이이즈카 씨, 잠깐 괜찮으실까요?"

"오, 유야. 무슨 일이야?"

"다음 주가 화이트데이잖아요. 저와 치즈루 씨 둘이 이이즈카 씨에게 답례하고 싶은데 뭔가 갖고 싶으신 게 있나 해서 여쭤보려고요."

"어? 답례 같은 거 안 해도 되는데. 의리 있네. 고마워."

사양하면서도 이이즈카 씨의 기분은 좋아 보였다.

이이즈카 씨의 반응에 치즈루 씨도 덩달아 웃는다.

"이이즈카, 요즘 요리에 빠졌다고 했지? 나는 앞치마가 어떨까 하는데 어떻게 생각해?"

"앞치마요?! 마음은 감사한데…… 지난주에 남자 친구가 앞치마를 사 줬지 뭐예요. 에헤헤."

그러면서 쑥스럽게 웃는 이이즈카 씨.

"분홍색 앞치마인데 너무 귀여워서 저한테는 안 어울린다고 했거든요. 그런데 입으니까 남자 친구가 잘 어울린다고 칭찬을, 칭찬을!"

수다스럽게 자랑을 늘어놓기 시작했다.

"하, 하, 하. 그것참 잘됐네."

치즈루 씨는 흰자위를 보이며 감정을 전혀 싣지 않은 목소리로 맞장구를 치고 있다. ……잠깐, 어쩐지 영혼 비스무리한 게 입에서 나오는 것 같은데?!

이대로는 행복 오라를 뒤집어쓴 치즈루 씨가 성불하고 말 거야. 얼른 하던 얘기로 돌려야지.

"앞치마는 이미 마음에 드시는 게 있군요. 그러면 주방 장갑은 어떠세요? 이왕이면 앞치마하고 잘 어울리는 거로요."

"정말 받아도 돼? 고마워! 그러면 내가 집에 가서 앞치마 사진 찍어서 보내 줄게!"

"알겠습니다. 그럼 부탁드릴게요. ……치즈루 씨. 정해졌어요~."

치즈루 씨의 어깨를 툭 치니, 검은자위가 돌아왔다. 치료 방법이 망가져 가는 브라운관 TV와 같아서 다행이다.

"기뻐라. 언니와 유야, 그리고 남자 친구에게도 화이트
데이 선물을 받다니."

"남자 친구분, 한테요⋯⋯."

이이즈카 씨가 기뻐하는 모습을 보고 번뜩였다.

마침 지금은 화이트데이 시즌. 여자 입장에서 '남자 친구
에게 받은 마음에 드는 선물'을 자연스럽게 알아볼 기회다.

"이이즈카 씨. 참고차 묻는 건데요. 예전에 남자한테 받
은 선물 중에 받고 기뻤던 게 있나요?"

"응? 질문이 갑작스럽네. 그건 왜 물어?"

"이이즈카 씨 말고도 선물하고 싶은 여성분이 있거든요.
참고할까 해서요."

"오호. 이 상냥한 남자 같으니, 하여간 인기 많다니까."

이이즈카 씨는 그렇게 놀리면서도 진지하게 대답해 주
었다.

"글쎄⋯⋯. 상대방이 연인이었다면 액세서리나 소품이
려나. 몸에 차거나 가지고 다닐 수 있잖아. 남자 친구를 언
제든지 느낄 수 있는 게 근사하다고 해야 하나."

그렇구나. 아오이가 커플 열쇠고리를 갖고 싶다고 했을
때와 같은 이유다.

"뭐, 그다지 어렵게 생각 안 해도 되지 않을까? 중요한
건 마음이니까."

"그래도 마음을 전하고 싶어서, 어렵게 생각하게 된단 말이죠……."

"단순하게 생각해도 돼. 선물에 마음을 담으면 되잖아. 방금 유야와 언니가 맨 처음에 제안한 답례가 좋은 예라고 보는데."

"앞치마 말인가요?"

"그래. 내가 요즘 요리에 빠져 산다니까 두 사람이 앞치마는 어떠냐고 물어봐 준 거잖아. 내 입장에서 고려해, 열심히 고민해 줬구나 싶어서 정말 기뻤어."

상대방 입장에서 고려해, 선물에 마음을 담는다라……

응. 좋은 힌트를 얻은 것 같아.

"이이즈카 씨, 고맙습니다. 참고가 됐어요."

"천만에. 에헤헤. 남자 친구는 답례로 뭘 주려나."

이이즈카 씨가 다시 남자 친구 이야기를 하기 시작하자, 여태 조용히 있던 치즈루 씨가 천천히 한 발짝 앞으로 나왔다. 느릿한 움직임은 마치 좀비 같았다.

"……행복해 보이네, 이이즈카."

"아하하, 제가 너무 들떠 있었죠. 죄송해요. 언니도 술이 연인이라고 하지 말고 사랑을 합시다. 네?"

그 순간, 공기가 얼어붙었다.

잠깐만요, 이이즈카 씨!

지금 그 발언은 완전히 지뢰를 밟았다고요?!

주뼛주뼛 치즈루 씨를 본다⋯⋯. 어, 왠지 눈이 글썽거리지 않아?!

분하다는 듯 입술을 깨물고 어깨를 부들부들 떠는 치즈루 씨. 내가 밟았을 때는 압박이 상당한데 지뢰를 밟은 사람이 동성일 경우에는 이런 반응을 하는 건가.

⋯⋯그래도 그렇지, 치즈루 씨가 좀 불쌍하게 느껴진다.

다행히 당장 폭발할 기미는 안 보인다. 지금 이 분위기를 원만하게 마무리하고 자리로 가서 달래 드리자.

⋯⋯그런 무른 생각은 버렸어야 했다.

치즈루 씨의 부아는 이미 한계에 다다라 있던 것이었다.

"펀치!"

치즈루 씨가 이이즈카 씨의 옆구리를 손가락으로 찔렀다. 뭐야, '펀치'라니. 초등학생이야?

"꺅!"

귀여운 신음을 내며 몸을 꼬는 이이즈카 씨. 아무래도 옆구리가 약점인 듯하다.

"뭐, 뭐 하는 거예요, 언니! 옆구리는 안 돼요!"

"시끄러워, 이 팔불출 프로그래머 녀석! 내 분노의 펀치를 받아라!"

"왜 화내시는 거예요?! 조금 전까지는 재밌게 얘기했으면서⋯⋯. 꺅!"

"펀치! 펀치, 펀치!"

"꺄! 앙, 그마앙!"

고속 펀치를 반복하는 치즈루 씨와 점차 요염한 소리를
내는 이이즈카 씨.

이런 의미 없는 다툼을 보는 건 태어나서 처음이야…….
그건 그렇고 이이즈카 씨의 목소리가 너무 섹시해!

큰 소리로 '펀치!', '꺅!'이라고 외치고 있다. 주변의 시선
이 따갑다. 그 시선 속에는 나더러 뭐하냐고 묻거나 펀치
공주를 말릴 수 있는 건 나뿐이라는 무리한 요구를 담고
있었다. 펀치 공주는 뭐야. 아주 남 일이라고 즐기시는군
그래?

"앙! 싫어, 아파……. 읏!"

이러는 동안에도 이이즈카 씨의 교성이 사무실에 울려
퍼지고 있다.

……아아, 정말이지!

말리면 되잖아, 말리면!

"치즈루 씨! 심정은 이해하지만, 지금은 참으세요! 푸념
이라면 나중에 들어 드릴 테니까요!"

"펀치!"

"그거 하지 마요! 애예요?!"

……의외로 치즈루 씨는 유치원생과 즐겁게 놀 수 있을
지도 모른다.

그런 바보 같은 생각을 하면서 무쌍을 벌이는 상사를 말

렸다.

그 후, 나는 치즈루 씨와 구내식당으로 향했다.

"나는 말이지, 연인이 없는 행복도 있다고 생각해."

그러면서 토라질 대로 토라져서 달래기 너무 힘들었다.

말은 그래도 치즈루 씨도 마음속으로는 연인을 원할 터. 그게 아니라면 그렇게까지 욱하지 않았겠지.

기억하기로는 본인보다 술을 잘 마시는 잘생긴 사람이 이상형이랬나. 치즈루 씨보다 잘 마시는 사람은 본 적이 없는데.

……왕자님이 펀치 공주를 데리러 오는 건 아직 먼 이야기일지도 모른다.

◆

업무를 마친 나는 곧장 귀가했다.

"다녀왔어~."

"어서 와요, 유야 오빠!"

현관문을 여니, 거실 쪽에서 통통 뛰는듯한 목소리가 돌아왔다.

복도로 빼꼼 얼굴을 내민 아오이. 기쁜 듯 손짓을 하고 있다.

"오빠, 얼른 와 봐요!"

"오늘 기분이 좋아 보이네. 학교에서 좋은 일이라도 있었어?"

"후후. 거실로 오면 알 수 있어요."

"음, 뭐지? 궁금한걸."

아오이와 대화하며 복도를 걸어 거실로 들어간다.

들어가니, 식탁 위에 시험 답안지가 늘어져 있었다.

"오! 답안지 받았구나……. 헉, 점수가 엄청 높네!"

어느 과목이든 높은 점수를 받았다. 가장 낮은 점수가 물리 과목의 83점. 영어는 거의 만점에 가까운 98점이다. 전 과목 평균이 90점을 넘겼다.

"아오이, 고생했어. 정말 대단해."

"고마워요. 오빠가 상을 준다고 해서 열심히 해 봤어요."

"그랬구나. 그러면 아오이가 기뻐할 만한 선물을 줘야겠네."

"에헤헤, 기대할게요!"

아오이가 활짝 웃었다.

이렇게 기대를 많이 하니, 나도 노력해야겠어.

"그런데 루미 성적은 어땠어?"

"전 과목 평균이 72점이라고 했어요. 학원은 안 가도 된대요."

"다행이다. 나도 이과 가목을 가르친 책임도 있어서 걱정했거든."

"후후. 저는 믿었는데요? 루미가 그래 보여도 노력파거
든요."

그렇게 말하는 아오이는 의기양양했다. 마치 제자를 자
랑하는 듯 보인다.

루미와 함께한 기말시험 공부. 그리고 히나와의 교류.
이러한 일들을 거쳐 아오이는 교사가 되겠다는 목표를 세
웠다.

루미의 성장은 아오이의 꿈에 강력한 동기 부여가 되었
겠지. 지망 학교로 진학할 수 있도록 나도 전력으로 지원
해야지.

거기까지 생각하고서 문득 이이즈카 씨의 조언을 떠올
렸다.

상대방의 입장을 고려해, 마음이 담긴 선물을 한다라.

……떠올랐다.

꿈을 위해 노력하는 아오이의 등을 밀어 줄, 멋진 상이.

"이번에 아오이의 활약이 컸지. 고생했어."

부드럽게 머리를 쓰다듬자, 아오이가 간지럽다는 듯 웃
으며 내게 안겼다.

"후후. 오빠, 왜 그렇게 웃어요?"

지적을 당하고 흠칫했다.

또 저지르고 말았다. 아오이 생각으로 머리가 꽉 차면

얼굴이 절로 웃고 만단 말이야.

　……쑥스러우니까 아오이한테는 말하지 말자.

"글쎄? 아오이가 귀여워서 그러나?"

"익. 이렇게 맥락도 없이 '귀엽다'라고 말한다는 건 무언가 얼버무리려 할 때예요. 오빠는 불리하다고 느낄 때 저한테 거짓말하는 버릇이 있어요. 그런 건 불성실한 거라고 생각하는데요."

"안겨서 응석 부리든, 잔소리하든 한 가지만 해 주면 좋겠는데……."

"싫어요. 응석 부리면서 잔소리도 할래요."

"그 두 가지는 양립이 어렵지 않나?!"

"알겠어요? 애초에 오빠는 항상……."

꽉 껴안긴 채, 약혼자에게 귀여운 꾸중을 들었다.

◆

　화이트데이까지 앞으로 이틀.

　퇴근하고 돌아가는 길. 나는 역 앞의 액세서리 가게를 찾았다. 지금은 가게 점원에게 요청한 제품을 소개받는 중이다.

"손님. 희망하신 액세서리는 마음에 드십니까?"

"근사하네요. 그런데 이런 건 잘 몰라서 그러는데…….

여자에게 선물하려는데 기뻐해 줄까요?"

"마음 놓으십시오. 이 상품은 여성분들 선물용으로 나온 거랍니다. 다른 남성분도 많이들 사 가셨어요."

"헤에. 그렇습니까."

"네. 아내분도 분명 기뻐하실 겁니다."

"아, 아내…… 아하하. 기뻐해 주면 좋겠습니다."

결혼하려면 아직 멀었지만……. 뭐, 그래도 신혼부부나 마찬가지려나. 둘이 서로를 보살피며 생활하고 사랑도 넘치고.

……윽, 뭘 또 좋다고 뿌듯해하고 있냐. 집에서 이러면 모를까, 여기는 가게라고.

"손님? 왜 그러십니까?"

"아, 아뇨. 아무것도 아닙니다. 하하하……."

점원이 고개를 갸웃했으나 웃어서 얼버무렸다. '제가 집에 돌아오기를 기다리는 아내를 생각하는 중이었습니다'라고는 부끄러워서 말 못 한다.

눈여겨봐 두었던 액세서리를 사서 가게를 나온다. 날은 이미 저물어 밤이 되었다.

선물을 고르는 데 시간이 오래 걸렸네……. 아오이도 걱정할 테니 얼른 집에 가자.

걸음을 내디디려는데 익숙한 목소리가 들렸다.

"어? 유야 오빠! 하이, 하이!"

뒤돌아보니, 루미와 신고가 서 있었다.

"안녕, 루미, 신고. 시험 치느라 고생했어."

"고마워요! 오빠 덕분에 좋은 점수를 받을 수 있었어요!"

"아니야, 루미가 노력한 결과야. 아오이도 칭찬하던걸?"

"에헤헤, 그래요? 기쁘네요. 이제 봄방학 때 아옷치와 놀 수 있어요. 물론 신고하고도 놀 거고."

루미가 신고의 팔을 껴안았다.

그러자 생글생글 웃던 신고의 표정이 바뀐다. 안경을 손가락으로 휙 올리고는 멋있게 웃었다.

"루미. 열심히 한 상이야. 평생 잊지 못할 추억을 만들어 줄게."

"신고, 멋져……!"

두 사람이 닭살을 떨기 시작했다. 애들아, 무시하지 말아 주라~.

"아하하. 너희는 변함없이 사이가 좋구나."

놀려 보지만, 반응이 없다. 완전히 둘만의 세계에 빠져 버렸다.

그의 이름은 미야마에 신고. 루미의 남자 친구로, 평소에는 점잖고 예의 바른 아이다.

그런데 루미가 애교를 부리면 어째선지 치명적이고 멋진 척하는 성격으로 바뀐다. 이유는 모른다. 걸고넘어질 게 많은 재미있는 친구다.

"루미. 네 눈동자에는 이 몸 말고는 담지 마…… 헉?!"

내 시선을 눈치챈 신고가 제정신으로 돌아왔다.

"죄, 죄송해요, 유야 형! 제가 또 잠깐 정신을……!"

"사과하지 마. 깨가 쏟아져서 좋잖아."

"그, 그런가요……. 그런데 방금 액세서리 가게에서 나오셨죠? 혹시 선물을 사신 거예요?"

"어? 뭐, 뭐 그렇지."

신고는 나와 아오이의 관계를 모른다. 아오이에게 줄 선물을 샀다고는 말할 수 없기에 시치미를 떼기로 했다.

그러나 신고는 관심이 생겼는지 더 캐물었다.

"역시 그랬군요. 곧 화이트데이니까 여자 친구분께 선물하시는 건가요?"

"아하하, 이런…….."

"유야 형의 여자 친구분이라……. 분명 어른스럽고 자립한 여성분이시겠죠. 제가 아는 사람 중에서 예를 들자면, 아오이 같은 사람요."

"푸흡!"

무심코 뿜어 버렸다.

설마 맞힐 줄이야……. 정말이지. 무서워라.

당황하는 나를 두고 신고의 질문 공격은 가차 없이 계속되었다.

"형. 어떤 분이에요?"

"그, 글쎄? 어른스러운 면도…… 없지는 않지."

"역시! 분명 어른스러울 뿐만 아니라 사람을 잘 챙기면서도 응석도 부릴 줄 아는 귀여운 분이시겠죠……. 거기다 요리가 특기에다 가정적이기까지! 형, 맞죠?!"

"왜 그렇게 적극적이야?!"

신고가 흥분해서 내게 바짝 다가섰다. 다 좋은데 신고의 추리 적중률 너무한 거 아니야?!

이 예리한 감. 말을 섣불리 뱉으면 내 여자 친구가 아오이인 걸 들킬지도 모른다.

루미에게 도움을 청하는 눈빛을 보낸다.

그런데 어째선지 루미는 지르퉁한 얼굴로 신고를 노려보고 있었다.

"뭐야, 신고. 둘이서만 얘기하지 말고 나도 끼워 줘."

루미가 토라지자, 신고가 치명적 모드로 돌입했다. 루미의 손을 잡고 훗 하고 웃음을 흘린다.

"이런, 이런. 우리 아기 고양이는 응석꾸러기라니까……. 너는 외롭게 두지 않을게."

"에헤헤, 좋아라."

두 사람이 다시금 둘만의 세계에 빠져 깨를 볶는다.

후. 어찌 하나 걱정했는데 다행히 질문 공세는 피했군.

……그나저나 루미도 의외로 응석을 부리네. 신고와 주고받는 대화를 보고 있으면 신고를 얼마나 좋아하는지 확

느껴진다.

흐뭇해하는데 루미와 눈이 마주쳤다.

"응? 유야 오빠, 왜 그래요?"

"아니. 루미가 응석을 부리는 게 신선하다 싶어서."

"네?! 응석 부린 적 없거든요!"

얼굴을 붉히고 서둘러 신고에게서 떨어지는 루미.

……설마, 응석을 부린다는 자각이 없나?

놀랐다. 루미도 무자각으로 응석 부리는 버릇이 있는 건가. 그렇게 아오이를 놀려 댔는데 사실 루미도 똑같았다니, 재밌기 그지없다.

"아하하. 루미도 '누구'랑 똑같네."

"아니라고요! 저는 응석 같은 거 안 부려요!"

"그렇지만 신고가 손을 잡아 주니까 기분이 풀렸잖아?"

"그, 그건…… 원래 그런 거죠! 좋아하는 사람과 손을 잡으면 기쁘니까!"

"그래, 그래. 네 말이 맞아, 귀여워라."

"뭐예요, 그 반응! 용서 못해요!"

루미가 볼을 부풀리며 화를 냈다. 기분 탓인지 조금 전보다도 얼굴이 빨개진 듯한 느낌이다.

그 표정이 아오이와 닮아서, 나도 모르게 웃고 말았다.

◆

그리고 화이트데이 당일을 맞았다.

오늘은 일요일. 오전 중에 집안일을 끝내고 장을 본 뒤에 지금은 내 방에서 쉬는 중이다.

이 뒤에 딱히 일정은 없다. 아오이도 거실에서 느긋하게 책을 읽고 있다. 선물을 줄 타이밍치고는 나쁘지 않으리라.

책상 서랍에서 선물을 꺼내 들고, 거실로 나간다.

아오이는 소파에 앉아 문고본을 읽고 있었다. 상의는 터틀넥을 입었고 하의는 미니스커트를 입었다. 하얗고 무방비한 다리를 앞뒤로 파닥파닥 흔들고 있다.

나는 아오이 옆에 앉아 말을 걸었다.

"아오이. 잠깐 괜찮을까?"

"네. 무슨 일이에요?"

아오이는 문고본에 책갈피를 끼워 근처에 두었다. 무슨 일이냐는 얼굴로 나를 본다.

"오늘이 화이트데이잖아? 약속한 '상'을 주고 싶어서. 받아 줄래?"

감색의 사각 케이스를 건네자, 아오이가 놀라 눈을 동그랗게 떴다.

"어……. 이렇게 비싸 보이는 걸 받아도 돼요?"

"아하하. 그렇게까지 비싼 건 아니야. 고등학생도 하고 다닐 수 있는 브랜드니까 안심해."

"······이 브랜드, 알고 있어요. 귀여운 액세서리를 만들 잖아요."

상자에는 브랜드 상호인 'Hollyhock(홀리호크)'의 로고가 들어가 있다. 로고 주변에는 히비스커스와 비슷한 하얀 꽃이 그려져 있어 매우 화려하다.

"헤에. 아오이도 아는 브랜드였구나?"

"네. 루미가 보는 잡지에 나와 있었어요."

"그렇구나. 그러면 'Hollyhock'의 뜻은 알아?"

"아뇨. 어떤 꽃이지는 않을까 싶은데······."

"'타치아오이', 접시꽃이라는 뜻이야. 아욱과 식물로 여름에 피는 꽃이래."

설명하니, 아오이가 놀라 눈을 깜박였다.

"아오이······. 제 이름과 똑같아요."

"접시꽃의 꽃말은 '큰 소망', '풍성한 결실'······. 대학 수험을 치러야 하는 아오이를 응원하기에 딱 알맞은 선물이라고 생각했어."

"······꽃말까지 생각해서 주는 거예요?"

"응. 아오이의 꿈을 온 힘을 다해 응원하고 싶어. ······그런 나의 마음을 담아서 이 선물을 골랐어."

"···········."

아오이가 아무 말도 없이 내 얼굴을 바라본다.

······뭔가, 반응이 미적지근하지 않나?!

별로 기쁘지 않은가……. 그래도 아직 어떤 게 들었는지 보지 않았다. 실망하기에는 너무 이르겠지.

그러면 반응이 왜 이런 걸까.

……설마 내 마음에 실망한 건가?!

무척 숙고해서 고른 건데……. 이런 걸 줬다고 낙담하면 나 운다?

불안해하는데 아오이가 드디어 미소 지었다.

"미안해요, 오빠. 너무 기쁜 나머지 굳고 말았어요."

"뭐, 뭐야. 그런 거였구나. 선물이 별로인가 싶어서 초조했어."

"별로일 리가 없잖아요. 오빠의 마음이 가득 담긴 선물인걸요? 정말 기뻐요."

"아오이……."

"어쩌죠……. 저, 세상에서 가장 행복한 사람일지도 몰라요."

나를 올려다보는 아오이. 당장에라도 어리광을 부릴 기세다.

큭. 벌써 나의 이성이 시험에 들 전개가 닥친 건가……?

"유야 오빠……. 저요, 정말 정말 기뻐서 어떻게 돼 버릴 것 같아요."

아오이가 가슴에 양손을 얹고 황홀한 표정으로 말했다.

솔직하고 귀여운 말. 홍조가 낀 볼. 매력적인 동작. 모든 것이 사랑스러워서 꽉 껴안고 싶다.

"아오이. 그러기에는 아직 이른데?"

"아직, 이르다고요? 그러면 이따가 마음껏 어리광 부려도 된다는 거군요."

"……요즘, 정말 사양하지 않는구나."

"그야, 오빠가 어리광 부려도 된다고 했는걸."

갑자기 어리광 부리는 여자 친구로 돌변하지 말아 줘. 설레니까.

"뭐, 그건 일단 제쳐 두고……. 선물, 받아 주는 거야?"

"당연하죠. 고마워요, 오빠."

아오이가 상자를 받아 천천히 연다.

안에 든 걸 보더니, 얼굴에 웃음꽃이 핀다.

"와……. 목걸이다! 근사해요!"

아오이가 목걸이를 손가락으로 살며시 들어 올려 기쁜 표정으로 본다.

선물은 실버 체인 목걸이다. 접시꽃 모양 펜던트가 달렸다.

나는 패션은 잘 모르지만, 점원이 말하기를 디자인이 심플해서 어떤 옷을 입어도 다양하게 활용할 수 있단다.

"오빠. 목걸이, 차도 돼요?"

"물론이지. 내가 채워 줄 테니까 뒤로 돌아봐."

"부탁해요."

아오이에게서 목걸이를 받아서 등을 돌린 아오이의 목덜미로 손을 뻗는다. 뒤에서 안는 것 같아서 좀 쑥스럽다.

"후후. 뭔가 좋네요, 이런 거."

"아오이가 좋아하는 '연인다운' 일이지."

"네. 뒤에서 안아 주는 느낌이라서……. 살짝 두근두근해요."

"그, 그렇구나……."

같은 생각을 했다고는 부끄러워서 말 못 한다. 나는 입을 다물고 목걸이를 채워 주었다.

"길이 괜찮아?"

"네. 딱 좋아요."

확인한 후, 천천히 돌아보는 아오이. 가슴께의 펜던트가 아름답게 빛난다.

"어, 어때요?"

"아주 잘 어울려. 예뻐."

"……유야 오빠."

"응?"

"에잇."

아오이가 정면에서 안겨 왔다. 내 가슴에 얼굴을 묻고 비빈다.

"잠깐, 갑자기 왜 그래?"

"예쁘다고, 기분 좋은 말을 해 줘서요. 바보."

"……'예쁘다'라는 말, 평소에도 하지 않아?"

"안 해요. 평소에는 '귀엽다'라고 하죠. 근데 오늘은 예쁘다고……. 평소와 다른 말을 하다니, 치사해요."

듣고 보니 귀엽다고 칭찬하는 빈도가 잦은 듯하다. 그런데 예쁘다고 하는 게 치사한 이유를 잘 모르겠다.

"뭐, 그……. 예쁘니까 말하고 싶었어."

"오빠……."

아오이의 볼이 붉게 물들었다. 눈도 풀렸다. 드디어 응석 모드로 들어가는 건가?

"오빠."

"으, 응?"

"좋아해요."

"어? 고, 고마워……?"

"고맙다는 말은 됐어요. 다시 대답해요."

"다시 하라고?! 도대체 어떤 말을……."

"내가 좋아한다고 하면 오빠도 좋아한다고 해야 해. 그러는 게 좋아."

입을 다물고 볼을 부풀리며 귀여운 소리를 내는 아오이.

아니, 그러니까 말투 바꾸는 건 반칙이라니까.

"한 번 더 말할게요. 오빠, 좋아해요."

"……좋아해, 아오이."

"후후, 참 잘했어요. 합격이에요."

"……있지. 대낮부터 어리광이 과하지 않아?"

"이따가 어리광 부린다고 했잖아."

"그러기는 했지만……."

"……단둘이 있을 때는, 허락해 줬으면 해요."

"어? 아, 잠깐, 아오이?!"

아오이가 몸을 겹치듯 밀착해 왔다. 아오이의 체온이 전해져 두근거린다.

"이럴 수 있는 거, 집밖에 없잖아요. 그러니까 마음껏 알콩달콩하게 지내고 싶어. ……안 돼?"

"……안 되는 건 아냐."

거절할 수 없는 줏대 없는 나는, 두 팔을 아오이 등에 둘러 살짝 힘을 주었다.

"앗."

아오이의 입에서 소리가 새어 나왔다.

"오빠의 심장 소리가 들려요."

"응? 그, 그래?"

"왠지 안심되는 소리예요……. 오빠의 심장이 '좋아한다'라고 속삭이는 것 같아요."

"뭐……!"

또 자각도 없이 심장 떨리는 소리를 하네……. 그렇게 달콤한 비유를 하면, 어떻게 반응해야 할지 난감하다니까 그러네.

"오빠. 제 심장 소리 들려요?"

"잘 모르겠네. 내 심장이 더 시끄러워서……."

"그렇군요. 아주 안심이 되는 소리라서 제 심장 소리도 들려주고 싶은데……. 이렇게 하면 들려요?"

뭉클.

이럴 수가. 아오이가 가슴을 들이밀었다.

"아, 아오이?! 이, 이러면……."

"제 가슴 소리, 들려요? 안 들리면 좀 더 바짝……. 웃."

헐떡이는 듯한 신음을 흘리며 아오이가 좀 더 강하게 안겨 왔다.

안다. 아오이는 천진하며 순수한 아이. 야한 짓을 해서 나를 기쁘게 하려는 그런 의도는 없다. 내게 심장 소리를 들려주려는 것뿐이다.

하지만, 그냥 야해!

가슴을 들이미는 행동도, 귓전에 들리는 교성도, 다 야해 죽겠다고!

"웃……. 오빠. 제 소리, 들려요?"

"드, 들리네! 굉장하다! 안심돼!"

사실 안 들렸다.

하지만 들린 척하지 않으면 이 상황을 벗어날 수 없을 것 같았다.

아오이가 껴안는 힘을 빼고 싱긋 웃었다.

"제 말이 맞죠? ……어? 오빠의 고동이 아까보다 빨라졌어요."

"응. 난 이제 끝일지도 몰라……."

이 이상 나를 두근거리게 하지 말아 줘.

아오이는 나를 놓아주고 고개를 갸웃했다.

"혹시, 제가 너무 어리광 부려서 힘들어요? 어쩌죠? 아직 부족한데."

"방금 한 거로도 모자라?!"

내 라이프는 이미 바닥난 것 같은데?!

"아, 그렇지!"

쩔쩔매고 있는데 아오이가 뭔가 생각난 듯했다.

"그러면 집에서 어리광 부리는 건 그만할게요. 대신에 데이트하지 않을래요?"

"어? 지금부터?"

"네! 선물로 받은 목걸이를 차고 외출하고 싶어요!"

목걸이를 내게 보이며 아오이가 말했다.

밖에서 데이트한다면 방금처럼 밀착할 일도 없다. 집에서 어리광을 받아 주는 것보다 훨씬 건전할 것이다.

"알겠어. 데이트하자."

"정말요?!"

"그럼. 오늘은 상을 주는 날이니까. 아오이가 하고 싶은 걸 하자."

"오빠……. 고마워요!"

아오이가 준비하고 오겠다면서 허겁지겁 달려 방으로 갔다.

방으로 들어가기 전에 빙글 뒤돌아본다.

"오빠! 오늘 잔뜩 어리광 부릴 거예요!"

불길한 말을 남기고 방으로 쏙 들어가 버렸다.

……데이트하면서도 어리광 부린다고?

얘기가 다르잖아. 어리광을 자제하려고 밖에서 데이트하자는 거 아니었어?

또 설레게 하려는 것에 어이없어하면서도 신기하게 웃고 있는 내가 있었다.

"……하하. 아오이와 있으면 질리지를 않네."

소파에서 일어나 기지개를 켠다.

"좋아, 나도 준비할까."

그러고 보니 이런 즉흥 데이트는 처음이다.

어디로 갈까, 어떤 식으로 어리광을 부리려나. 짐작도 안 된다.

그래도 이것만을 단언할 수 있다.

아오이와 함께라면 분명 즐거울 것이다.

◆

채비를 마친 우리는 역 앞으로 왔다.

계획은 딱히 세우지 않았다. 시시콜콜한 대화를 나누며 정처 없이 어슬렁어슬렁 걷고 있다.

"후후. 이 목걸이, 정말 근사해요. 마음에 들어요."

"기뻐해서 다행이야. 여성용 액세서리라 안목에 자신이 없었거든."

"안목 있어요. 역시 오빠예요."

"아하하, 칭찬이 과하다니까……. 그나저나 슬슬 어디 갈지 정하지 않을래? 느긋하게 얘기할 수 있는 곳은 어때?"

"그거 말인데요, 실은 전부터 궁금했던 카페가 있어요. 전에 루미가 추천해 줬는데……. 거기로 가도 될까요?"

"오케이. 가 보자."

"알겠어요. 이쪽이에요."

아오이가 내 손을 끌어 역과 반대 방향으로 나아간다.

둘이 나란히 걷기를 10분. 목적지에 도착했다.

가게 앞에는 '프린세스 카페'라고 적힌 간판이 설치되어 있다. 이름부터가 여자를 타깃으로 한 카페 같은데 남자가 들어가도 되는 걸까.

나는 불안했지만, 아오이가 마음 놓으라고 했다.

"이 카페에는 주로 여자 손님이 많은데, 커플도 자주 이용한대요……. 루미가 그랬어요."

"헤에. 그렇구나."

루미는 분명 신고와 같이 왔겠지. 이용자의 실제 후기를 들으니까 안심이 되는군.

　카페로 들어가자, 커피 향기가 우리를 맞아 주었다.

　내부는 차분한 분위기였다. 부드러운 간접 조명. 구석에 놓인 관엽 식물. 하얀 벽에 장식한 사실적인 그림. 딱 보기에 세련된 카페다.

　둘러본 김에 고객층도 확인하니, 역시 여자 손님밖에 없었다. 테이블마다 여자들이 모임을 가지고 있다. 혹시 이 카페에 남자 손님은, 나밖에 없는 거 아니야?

　내부를 구경하는데 아오이가 어깨를 콕콕 찔렀다.

　"오빠. 너무 두리번거리지 마요."

　"아, 미안. 왠지 좀 어색해서……."

　"후후. 그럴 줄 알고 남들 시선을 신경 쓰지 않아도 되는 곳으로 예약했어요."

　"어? 언제 예약을……."

　"집에서 나오기 전에요. 준비하면서 확인하니까 운 좋게 자리가 있더라고요."

　"꼼꼼한걸. 역시 아오이야."

　감탄하는데 우리 존재를 알아차린 여자 점원이 웃으며 다가왔다.

　"어서 오세요. 몇 분이신가요?"

　"두 명이요. 저기, 시라토리로 예약했는데요……."

"시라토리 님이시군요. 잠시만 기다려 주세요."

여자 점원이 가게에서 쓰는 단말을 보고는 확인됐다고 말했다.

"커플석으로 예약하셨군요. 그럼 이쪽에 있는 개별 룸으로 가시죠."

……커플석? 개별 룸?

그런 얘기는 듣지 못했다. 어떻게 된 거지?

"후후. 오빠, 놀랐나 봐요. 서프라이즈 성공했네요."

의아해 하고 있는데, 기뻐하며 웃는 아오이를 보고 당했다고 생각했다.

급하게 결정된 데이트였는데 서프라이즈를 시도하다니……. 완전히 예상 밖이었어.

"깜짝 놀랐어. 언제부터 생각한 거야?"

"문득 생각났어요. 오빠한테 어리광 부릴 수 있는 장소를 고민했더니 번뜩이더라고요."

"그랬구나……. 응?"

서프라이즈가 아니라 그냥 아오이가 꽁냥대고 싶을뿐 아니야……?

"후후. 커플석, 기대되네요, 오빠."

아오이가 천진난만하게 웃었다.

……뭐, 괜찮겠지. 아오이도 무척 즐거워 보이고.

"그러게……. 아, 점원분 놓치겠다. 얼른 가자."

"아, 그러네요. 서두르죠."

우리는 점원 뒤를 쫓아갔다.

가게 안쪽으로 가니, 좁은 통로가 나왔다. 서로 마주 본 개별 룸이 쭉 늘어서 있다.

"여기, 우측 개별 룸으로 들어가세요."

점원이 안내한 개별 룸으로 들어간다.

내부는 일반석과 별 차이 없이, 탁자와 소파가 마련되어 있었다. 조명 색상도 같다. 가게 분위기도 그대로라서 말 그대로 따로 방만 나눠 놓은 느낌이다.

"메뉴를 정하시면, 저쪽에 있는 버튼을 눌러 주세요."

나와 아오이가 나란히 소파에 앉자, 점원이 그렇게 말하고는 나갔다.

탁자에 놓인 메뉴판을 둘이 같이 본다.

"오빠. 뭘 주문할까요?"

"메뉴가 다양해서 고민되네……. 아오이는?"

"저도 고민돼요. 홍차 시폰케이크와 푸딩 아이스크림 중에 뭐로 할까……."

"맛있겠다. 두 가지 다 시켜서 같이 먹을까?"

"어, 그래도 돼요?"

"응. 여러 맛을 즐길 수 있지 않을까 하는데."

"오빠……. 고마워요."

호출 버튼을 눌러서 온 점원에게 주문을 전달한다.

아오이와 이야기하며 기다리기를 10분. 홍차 시폰케이크와 푸딩 아이스크림, 그리고 스트레이트 티가 나왔다.

홍차 시폰케이크는 감귤 계열 향기가 살짝 풍긴다. 아마 얼그레이를 쓴 거겠지. 아오이가 좋아하는 홍차다. 생크림과 딸기를 곁들여 모양도 귀엽다.

푸딩 아이스크림은 딱 보기에도 시원하다. 탱글탱글한 푸딩 위에 아이스크림을 얹었다. 녹기 시작한 아이스크림과 캐러멜 소스가 섞여 매우 먹음직스럽다.

"와, 굉장해요."

아오이가 손뼉을 치며 흥분했다.

"어느 것부터 먹어 볼까요? 역시 시폰케이크를……. 아, 근데 아이스크림이 녹을 텐데. 그냥 같이 한 번에 먹을까요?"

"아하하. 아오이는 욕심쟁이구나."

"뭐, 뭐 어때요. 이 카페의 디저트, 기대 많이 했단……."

꼬르르르륵.

조심스레 울리는 꼬르륵 소리. 물론 내 배는 아니다.

아오이가 볼이 벌게져서 배를 어루만졌다.

"으으, 왜 나는 거야……."

"창피해하지 않아도 돼. 귀여운 소리였어."

"아이참. 또 놀리죠."

아오이가 뚱한 얼굴을 했다가 금세 환하게 웃었다.

"후후. 밖에 나와도 집에서 하는 것과 다를 게 없네요."

"아하하. 우리답고 좋지 않아?"

"맞아요. 그래도 기왕 커플석에 앉았으니까……. 연인다운 것도 하고 싶어요."

그렇게 말하며 아오이가 나와의 거리를 좁혔다. 그 탓에 서로의 허벅지가 맞닿을 정도로 붙었다.

문득 집에서 어리광을 부렸던 모습이 뇌리를 스친다.

……아무리 아오이가 어리광쟁이라 하더라도 설마 가게 안에서까지 그런 짓을 하지는 않겠지?

긴장하고 있는데 아오이가 내 귀에 얼굴을 가까이 가져다 대었다. 뜨거운 숨결과 함께 달콤한 말을 속삭인다.

"오빠……. 참지 않아도 된답니다?"

"어?! 뭐, 뭐를?"

"그렇게 탐이 난다는 얼굴을 하고……. 괜찮아요, 허세 부리지 않아도."

아오이의 손이 내 허벅지를 쓸면서 천천히 올라온다.

"후후. 오빠도 남자인걸요."

"무, 무슨 소리를……!"

마치 남자를 유혹하는 말투…… 대체 뭘 할 작정이야?!

"오빠……. 저한테 맡겨요."

아오이가 포크를 손에 들고 시폰케이크를 한 입 크기로 잘라 찍었다. 포크가 그대로 내 얼굴로 향한다.

"자, 아~ 해요. 먹여 줄게요."

"……엥?"

"오빠도 배고프죠? 남자는 여자보다 일일 섭취 열량이 크니까 배가 고플 만해요. 참지 말고 말해요. 먹여 줄게요."

"그, 그렇구나. 먹여 준다는 얘기였구나……."

"그래요. 그것 말고 뭐가 있어요?"

어리둥절해하는 아오이.

헷갈리는 말에 몇 번이나 속는 나도 나지만, 아오이도 너무 천진하잖아!

그리고 음식점에서 먹여 주는 것도 부끄러운데……. 해야 하는 거겠지.

"오빠, 입 벌려요. 자, 아~."

"아, 아~……."

포크에 꽂힌 시폰케이크를 덥석 물어 먹는다.

시원한 풍미가 입안에 퍼지고 베르가모트의 감귤 계열 향기가 혀를 감싼다. 단맛을 적게 낸 고급스러운 맛이다. 홍차 케이크라서 당연한 거지만, 홍차와의 궁합도 좋다.

"아오이. 이거, 되게 맛있어."

"그러면 저도 먹어 볼게요."

아오이가 쑥스러운 듯 눈을 감고 자그마한 입을 조심스레 벌렸다.

"……먹여 주길 바라?"

"네. 오빠가 먹여 주면 좋겠어요. ……안 돼?"

아오이가 안 되냐며 묻는 것과 동시에 한쪽 눈을 뜨고 나를 봤다.

반칙이다. 이런 귀여운 동작으로 부탁하면 뭐든 들어줄 수밖에 없다.

나는 포크를 들고 시폰케이크를 찍었다.

"아오이. 자, 아~."

"아~……. 하웁."

아오이가 맛을 보듯 우물우물 씹었다.

"맛있어요. 얼그레이 향기를 살린 시폰케이크라니, 훌륭해요."

"아하하. 배가 터질 때까지 먹자."

"무슨……. 사람을 먹보처럼 말하지 마요. 바보."

그러면서 째려보는 아오이지만, 뭐가 재미있는지 풋 웃음을 터트렸다. 나도 덩달아 웃음이 터져 받아먹고 먹여 준 부끄러움이 날아갔다.

처음에는 젊은 여자들만 오는 가게인가 싶어서 불안했는데 이런 곳도 데이트하기에는 좋을지도 모른다.

……나 혼자서는 절대로 못 들어왔지.

아오이와 함께 있으면 매일이 신선하고 즐겁다. 피곤으로 찌든 회사원이었던 무렵과 비교하면 일상이 행복으로 색칠되었다.

"오빠. 왜 그래요?"

"아무것도 아니야. 이 카페에 데리고 와 줘서 고마워, 아오이."

"후훗. 그건 제가 할 말이에요. 근사한 선물을 줘서 고마워요."

아오이의 미소에 호응하듯 가슴께에 걸린 목걸이가 반짝 빛났다.

……아오이에게 상을 준다고 했는데 되레 내가 상을 받아 버렸네.

왜냐하면 이렇게 즐거운 화이트데이가 될 줄은 생각도 못 했으니까.

◆

그 후, 우리는 푸딩 아이스크림도 맛있게 먹었다. 쏩쏠한 캐러멜 소스와 아이스크림의 단맛이 이루는 궁합은 최고였다. 푸딩은 탱글탱글해서 맛도, 식감도 만족스러웠다.

지금 시각은 오후 5시. 해가 지기 시작했다. 계산을 마친 우리는 카페에서 나와, 꼭두서닛빛으로 물든 거리를 나란히 걷고 있다.

"맛있었죠, 오빠."

"응. 오늘 데이트하자고 해 줘서 고마워. 정말 즐거운 주말이었어."

"후후. 즐거웠다니 다행이네요."

"평소에는 그런 가게를 안 가니까 말이야. 아오이와 함께여야만 즐길 수 있는 귀중하고 신선한 시간이었어."

"신선, 이요……. 그렇지!"

아오이가 잰걸음으로 나를 추월했다가 우뚝 멈춰 선다. 그리고 빙글 뒤돌아본다.

"오빠! 다음 데이트 계획도 저한테 맡겨 줘요!"

아오이는 좋은 생각이라도 났는지 기뻐 보였다.

즐거워 보이는 아오이에게 바람이 분다. 노을 진 캠퍼스를 배경으로 길고 가는 머리칼이 부드럽게 찰랑인다. 3월의 바람은 아직 조금 쌀쌀하지만, 아오이의 미소가 마음을 따뜻하게 해 준다.

이렇게 어른스러운 모습을 하고 있는데 나이에 맞게 장래를 고민하거나 어리광을 부리거나 한단 말이지. 지금처럼 신이 나기도 하고, 정말 사랑스러워.

"알겠어. 아오이가 짠 데이트, 기대할게."

"정말요? 그러면 봄방학에 데이트해요!"

"오케이. 대신 애정 행각을 과하게 하는 건 좀 봐주라, 알았지?"

"익. 저를 그런 걸 좋아하는 애라고 생각하는 거 아니죠?"

"어? 아니야?"

"아니에요. 그냥 조금, 어리광을 피울 뿐이라고요."

그렇게 말하면서 아오이가 내 손을 잡고 제안했다.

"오늘 밤에는 같이 사이좋게 소파에서 쉬면서 영화라도 볼까요?"

전혀 '조금'이 아니라 나도 모르게 그만 웃고 만다.

"오빠? 제가 무슨 이상한 얘기 했어요?"

"아니. 아오이는 어리광쟁이다 싶어서."

"치. 또 애 취급이나 하고……. 됐어요. 어차피 어린애랍니다."

입술을 비쭉 내민 아오이. 내 말투가 마음에 안 들었는지 삐쳤다.

이런 귀여운 면은 어른이 돼서도 변함없으면 좋겠다.

뚱한 아오이를 달래며 그런 생각을 했다.

화이트데이로부터 며칠이 흘렀다.

아오이는 종업식을 맞았고, 어제부터 봄방학이 시작되었다.

성적표를 보여 달라고 하니, 보건 체육 외에는 최고 평가인 5점이었다. 마음에 걸려 했던 유아 교육 연구도 5점을 받아서 아오이는 기뻐했다.

참고로 루미의 성적도 전체적으로 올랐다고 한다. 전에는 2점이나 3점을 위주로 받았는데 거의 모든 교과 평가가 4점이 되었단다. 아오이도 대단하지만, 루미도 열심히 노력했다고 생각한다.

오늘은 토요일. 아오이는 루미와 놀러 나갔다. 나는 집에서 저녁 준비를 하면서 아오이가 돌아오기를 기다리는 중이다.

저녁 메뉴는 돈가스다.

먼저 돼지 등심을 연육 망치로 쳐서 고기 섬유를 다진다. 이러면 식감이 부드러워진다. ……아오이에게 배운 깨알 지식이다.

망치질이 끝나면 소금과 후추로 간한다. 그다음 밀가루, 달걀물, 빵가루 순으로 묻혀서 옅은 갈색이 나올 때까지 튀긴다.

"음⋯⋯. 괜찮은데."

곁들일 양배추 채도 잘 됐다. 남은 건 방울토마토를 담고 돈가스에 된장소스를 끼얹으면 완성이다.

"좋아. 아직 시간 있으니까, 된장국이라도 끓일까."

물을 담은 냄비에 불을 켜면서 문득 떠올린다.

최근, 요리 실력이 늘어난 것 같다. 만들 수 있는 요리의 가짓수가 늘었고 전보다 요리가 재미있다.

"뭐, 아오이가 내가 만든 음식을 기쁘게 먹어 주니까 열심히 할 수 있는 거지만⋯⋯."

"저 왔어요, 오빠."

"아오이?!"

당황해 뒤돌아보니, 아오이가 내 옆에 서 있었다.

꽤 크게 혼잣말하고 있었는데⋯⋯. 방금 그 닭살 멘트를 듣지는 않았겠지?!

"어, 어서 와. 언제 왔어?"

"방금요. 인사했는데 대답이 없더라고요."

"그랬구나. 요리에 열중하느라 못 들었나, 하하⋯⋯."

"그렇군요. 근데 왜 표정이 풀려 있어요? 무슨 좋은 일 있었어요?"

네가 기뻐하는 얼굴을 떠올리고 있었다고는 부끄러워서 말 못 한다.

"돈가스가 잘 튀겨진 게 좋아서 그래."

나는 그렇게 말하며 어물쩍 넘겼다.

저녁 준비를 마치니, 때마침 아오이도 옷을 갈아입고 방에서 나왔다.

둘이 마주 앉아 손을 합장한다.

"잘 먹겠습니다."

아오이가 된장소스 돈가스를 젓가락으로 집어 입으로 가져간다.

씹은 순간, '바삭' 하는 경쾌한 소리가 났다.

"어때? 맛있어?"

"네. 부드럽고 식감도 좋아요."

아오이가 생긋 웃으며 한쪽 손으로 작게 동그라미를 그렸다. 덩달아 나도 웃었다.

"다행이다. 아오이가 가르쳐 준 대로 만든 거야. 그 왜, 고기를 부드럽게 하는 방법 같은 거. 그리고 기름 온도나. 또……."

칭찬받아 기분이 좋아서 요리 얘기를 잔뜩 했다. 아오이도 웃으며 들어줘서 나는 한층 더 신나서 떠들었다.

그러다 요리 얘기에서 화제를 바꿔 내일 데이트 이야기를 했다. 아오이가 기획한다고 지난번에 약속한 '봄방학

데이트' 말이다.

"유야 오빠. 내일 날씨 말인데요, 밤에는 비가 온대요."

"응. 10시 이후로 내린댔지. 그때까지는 집에 올까?"

"네, 그래요."

"……비가 오는지 신경 쓰는 걸 보니까, 우리 야외 데이트 하는 거야?"

"후후. 내일을 기대하세요."

이번 데이트는 전부 아오이에게 일임했다. 당일까지는 비밀이라고 해서 어디에 가는지조차 모른다.

"아오이. 이제 전날이니까 어디 가는지는 알려 줘."

"안 돼요. 비밀인걸요."

"그러면 힌트만이라도 주라…….어디에 가는지 생각해 보는 것도 즐겁지 않겠어?"

"그렇군요……. 그러면 조금만 알려 줄게요!"

그렇게 말하면서 아오이가 검지를 세웠다.

"첫 번째 힌트! 빠밤!"

의외로 즐기고 있다. '빠밤'이라니, 귀여워.

"이번 데이트에서는 우리 사이의 거리가 더 가까워질 거예요."

"거리가 가까워져……?"

물리적으로 거리가 가까워지는 장소로 가는 건가. 아니면 심리적으로 가까워진다는 의미일까……. 어느 쪽이지?

어느 쪽이든 데이트 장소를 특정하기는 힘들다.

"어렵네. 힌트를 좀 더 줄 수 있어?"

"아이참. 욕심쟁이네요."

이어서 검지와 중지를 펴서 브이 자를 만드는 아오이.

"두 번째 힌트! 빠바밤!"

'빰'이 하나 늘었다. 데이트 전날이라 기분이 좋아 보이는 게 느껴진다. 귀엽다.

"갈게요? 아주 큰 힌트예요."

그러면서 아오이가 내게 얼굴을 바짝 가져와 귓속말을 했다.

"올라타고, 소리를 엄청나게 지르고…… 젖기도 해요."

"뭐?!"

올라타고, 소리를 엄청나게 지르고, 젖는다고……?!

머릿속에서 못된 망상이 뭉게뭉게 부푼다. 나는 망상을 떨쳐 내듯 고개를 좌우로 붕붕 흔들었다.

안다. 아오이가 그런 야한 데이트 계획을 세웠을 리가 없다.

하지만 힌트 주는 게 치명적으로 서툴다. 불건전한 일을 떠올리게 되는 것도 불가항력이다. 방금까지 '빠밤!'이라면서 귀여웠는데 왜 이렇게 돼 버린 거야……!

"힌트는 이걸로 마지막이에요. 정답은 내일 알려 주는 거로——."

"자, 잠깐만! 아오이, 그냥 어디 가는지 알려 줘!"

"왜요?"

"그게……, 어쩌면 우리가 가면 안 되는 곳일지도 모르잖아."

"그렇지 않아요. 안심해요. 데이트의 정석 코스라서 다들 한 번씩은 가는 곳이니까요."

아오이가 순진무구하게 웃었다.

그래, 커플이라면 호텔 같은 곳은 필요하면 가겠지만, 우리는 안 돼……. 아아, 정말! 설명을 능숙하게 못 하는 게 답답해!

"아, 시간이 벌써 이렇게 됐네요. 저, 씻고 올게요."

거실에 혼자 남겨진 나는, 땅이 꺼져라 한숨을 쉬었다.

"하아……. 내일 어디로 데이트하러 가는 건지 너무 신경 쓰여."

부디 나의 불안이 기우이기를.

그렇게 기도하는 나였다.

◆

그렇게 맞이한 데이트 당일.

점심을 먹은 우리는 흔들리는 전철에 몸을 맡기고 약 한 시간이 흘러 도심에 있는 복합 놀이 시설을 찾아왔다.

"짜잔!"

아오이가 시설 입구에 서서 두 팔을 크게 펼쳤다.

평소보다 더 들뜬 이유는 분명 오늘을 기대했기 때문이리라.

"오빠, 도착했어요! 오늘은 여기서 데이트할 거예요!"

"여긴…… '드림 시티'?"

드림 시티란 다양한 시설로 구성된 핫 플레이스다. 초대형 쇼핑몰뿐만 아니라, 레스토랑과 콘서트홀 등 수많은 오락 시설이 있다. 놀다 지치면 온천 스파로 가면 된다. 아무튼 '즐거움'이 가득한 레저 공간이다.

봄방학인 데다 일요일이어서 드림 시티에는 인파가 북적거렸다. 젊은 사람들과 가족 동반 일행이 많았는데 다들 즐거운 듯 대화를 나누며 우리 앞을 가로질러 갔다.

"굉장히 넓네. 쇼핑에 레스토랑……. 전부 돌 수 있을까?"

"후후. 모든 가게를 제패하는 것도 재미있겠지만, 오늘의 메인은 이쪽이에요."

잠시 걷자, 시티 안에 있는 놀이공원이 보였다.

가장 먼저 눈에 들어온 것은 거대 관람차였다. 곤돌라는 원을 그리며 매달려 있는데 센터리스── 중앙에는 기둥이 없이 뚫려 있다. 마치 도넛 같은 보기 드문 형태다. 높이도 꽤 된다. 정상에서 보는 도심의 야경이 꽤 아름다우리라.

안쪽에 있는 롤러코스터는 도심의 빌딩 숲을 관통하는 코스다.

한편, 바로 앞에 있는 놀이기구는 수면을 향해 낙하하는 형식이겠지. 저걸 타면 흠뻑 젖을 듯하다.

"……아! 이제 알겠다!"

놀이기구를 둘러보다가 어제 받은 힌트의 의미를 드디어 깨달았다.

놀이기구는 대체로 '올라타야 하고', 높은 곳에서 낙하할 때는 '엄청나게 소리를 지르게' 된다. 종류에 따라서는 '젖는' 경우도 있다.

……무서운 놀이기구 얘기를 그렇게 야한 힌트로 탈바꿈할 수 있는 아오이는 천재인가? 심지어 무자각으로 하고 있다는 게 무섭다. 아무튼 데이트 장소가 건전해서 다행이다.

"놀이공원은 오랜만이네. 성인 되고는 한 번도 안 왔어."

"정말요? 그렇다니 잘됐어요. 오늘 데이트의 테마는 '신선함'이거든요."

신선함이라……. 일전에 내가 커플석을 이용했을 때 말한 감상이었지.

"그날 데이트하고 돌아가는 길에 오빠가 '신선해서 즐거웠다'라고 해 준 게 정말 기뻤거든요. ……그래서 고민하고 또 고민했어요. 오빠가 그렇게 웃는 모습을 또 보고 싶어서요."

"고마워. 정말 기뻐. 아오이가 나를 위해서 열심히 데이트 계획을 생각해 줘서."

"오빠…… 그러면 제가 오빠에게 받은 목걸이를 받았을 때와 같은 기분일 수도 있겠네요."

"……응. 그럴지도 몰라."

그때, 아오이가 선물을 받고 신이 나 좋아했지.

지금 나도 똑같다. 아오이의 마음이 기쁘고 꽤 들뜨고 신난다.

거기다 눈앞에는 오랜만에 찾은 놀이공원이 있다. 고양된 기분과 맞물려 왠지 동심으로 돌아간 느낌이다.

좋아……. 오늘은 실컷 즐겨 볼까!

"아오이. 바로 놀이기구 타러 가자."

"좋아요. 뭘 탈까요?"

"그러게……. 먼저 정석인 롤러코스터부터?"

"그러면 저 안쪽에 있는 롤러코스터를 타요!"

아오이의 손에 이끌려 롤러코스터를 타러 간다.

"그러고 보니 오빠는 그런 놀이기구 괜찮아요?"

"괜찮을 거야…… 아마도."

솔직히 말하자면 롤러코스터를 타 본 기억은 별로 없다. 그 정도로 놀이공원에 온 게 오랜만이다.

뭐, 무서웠던 기억은 없고 지금은 오히려 타는 게 기대

된다. 고소 공포증도 아니니까 괜찮겠지.

"아마도라뇨. 모호한 대답이네요. 무리하면 안 돼요?"

"응, 고마워. 탔다가 무서우면 얘기할게."

"후후. 타기 전에 말하지 않으면 늦어요. ……아, 도착했어요!"

우리는 멈춰 서서 롤러코스터의 코스를 올려다보았다.

……오르락내리락이 심하네.

그게 첫인상이었다.

초반에 급강하 구간이 있고 중반은 빌딩 숲 옆을 가로지르고 후반에는 도넛 모양의 거대 관람차 한가운데를 관통하는 코스다. 가벼운 마음으로 타려고 했는데 좀 무서울지도.

매표소에서 표를 구매해 대기 줄 맨 끝에 선다.

기다리기를 10분. 우리가 탈 차례가 되었다.

열차에 오르니, 직원이 승객들의 안전 바를 순서대로 내린다.

잠시 뒤에 열차가 출발했고, 그대로 천천히 상승한다.

"와! 이 롤러코스터, 높네요!"

"그러게. 아오이는 안 무서워?"

"네. 스릴 만점이긴 해도, 이건 오락이잖아요. 재미있어요. 안전은 보장되어 있으니까요."

그거야 그렇지만…… 의외인걸. 아오이는 좀 더 차분한

장소를 좋아한다고 생각했는데 이런 놀이기구도 좋아하는 건가.

평소에는 가지 않는 장소에서 데이트하면 아오이의 새로운 면을 볼 수가 있다. '신선함'이라는 테마 덕분인지도 모른다.

"오빠? 묘하게 기뻐 보이네요."

"응. 아오이의 의외의 면을 알게 돼서 기쁘다고———."

"알겠다! 정상까지 와서 흥분한 거죠?"

"어?"

그 말에 흠칫한다.

주변을 둘러본다. 이미 열차는 정상에 도달해 있었다. 시야를 가로막는 것은 아무것도 없다. 눈앞에는 하늘이 펼쳐져 있을 뿐.

경치를 즐길 여유 따위 없었다.

열차가 급하강했기에.

"꺄아아아아아!"

아오이의 즐거운 비명이 옆에서 들린다.

기뻐하는 아오이를 내 눈에 새기고…… 싶지만, 그럴 때가 아니야! 이거 꽤 무서운데?! 강하가 아니라, 추락이 잖아!

오르락내리락을 반복하다가 다음은 하늘과 땅이 뒤집어졌다. 미쳤어! 거꾸로잖아!

그 후로도 롤러코스터는 속도를 늦추지 않고 종횡무진 달렸다. 예상치 못한 높이와 속도가 사정없이 나를 습격한다.

타기 전에는 괜찮았는데 지금은 좀 무섭다.

그래도 무서움 이상으로 즐겁다.

왜냐하면 옆에서 아오이가 웃고 있으니까.

"꺄아아아악! 아하하, 굉장해요!"

아오이는 손을 들어 만세 자세를 취할 여유마저 있었다. 온몸으로 바람을 맞으며 비명을 외치는 중이다.

예쁜 머리칼은 부스스. 높게 울려 퍼지는 환호. 나는 그런 아오이를 넋을 잃고 보았다. 진심으로 즐기는 게 전해져서 내 미약한 공포심은 어딘가로 날아가 버렸다.

아오이처럼 즐기고 싶다.

더 소리 지르면서 놀고 싶다.

평소와 다르게 그런 신선한 감정이 움튼다.

나는 아오이를 따라서 만세를 했다.

"히얏호오오오오오!"

급강하도. 뒤집힌 하늘과 땅도 별것 아니다. 웃으며 받아들이면 그렇게 무섭지 않았다. 아오이가 말한 것처럼 이 스릴은 오락에 지나지 않으니까.

아오이의 활기찬 웃음소리가 바람을 뚫고 고막에 닿는다.

"아하하! 오빠 머리가 엄청나게 나부껴요!"

"네 머리가 더해! 완전 부스스해!"

서로를 보며 웃는데 다시 급강하가 시작된다.

"꺄아아아아아!"

"으아아아앗!"

우리의 겹친 목소리가 하늘에 빨려 들어간다.

조금 전까지는 무서웠는데…… 신기해. 아오이가 옆에 있어 주면, 그게 뭐든 즐겁게 느껴져.

옆을 힐끔 본다. 아오이는 천진난만하게 웃고 있었다. 이 웃음을 볼 수 있던 것만으로도 오늘 데이트는 최고라고 말할 수 있다.

하. 내 여자 친구는 어떻게 이렇게 귀여울까. ……안 돼, 정신 차려! 아까부터 또 주책 떨고 있잖아!

반성한 직후, 속도를 늦춘 열차는 다시 출발 장소로 돌아왔다.

"아, 재미있었다!"

안전 바가 올라가고, 열차에서 내린 뒤 아오이가 만족스러운 듯 말했다.

"엄청났죠! 제가 조사한 바로는 최고 시속이 140km/h 가까이 나온대요. ……오빠? 얼굴이 빨간데 괜찮아요?"

"괘, 괜찮아. 걱정 마."

쑥스러워서 말 못 해. 도중부터 웃는 네 얼굴만 쳐다봤다고.

"······흐응. 그래요."

아오이가 생글생글 웃으며 내 얼굴을 들여다본다.

"오빠가 그렇게 신난 거, 처음 봤어요."

"그, 그래?"

"네. 아주 귀엽게 웃는 모습을 볼 수 있었어요."

"무슨······!"

귀엽게 웃는 얼굴이라든가 그런 말은 하지 마! 쑥스럽다고!

어떻게 반응해야 할지 몰라 시선을 피한다.

그러자 아오이가 킥킥 웃었다.

"오빠 얼굴, 또 빨개졌어요. 귀여워요."

"부탁이야. 이제 용서해 줘······."

"미안해요. 놀리려는 건 아니었어요. 오빠가 기뻐해 준게 기뻐서, 그걸 전하고 싶었을 뿐이에요······. 후후."

"또 웃으면서······. 그런데 다음은 어떤 거 탈래?"

"다음에 할 거, 제가 정해도 돼요?"

"물론이지. 어떤 게 타고 싶어?"

"저거요."

아오이가 손으로 가리킨 끝에는 귀신의 집이 있었다.

낡은 목조 건물로 외관이 너덜너덜하다. 바깥벽에는 오싹한 글자로 '원령관'이라고 쓰여 있는 게 매우 께름칙하다.

"귀신의 집이 아주 본격적이네. 아오이는 이런 거 아무렇지도 않아?"

"……실은, 호러 쪽은 좀 무서워요."

"그래? 그러면 다른 걸 타는 게 낫지 않겠어? 저기 보면 회전목마도 있고——."

"괘, 괜찮아요! 들어가요!"

"어어……. 너무 무리하는 거 아니야?"

그렇게 묻자, 아오이가 우물쭈물하기 시작했다.

"그게……. 루미가 귀신의 집은 꼭 가야 한댔거든요."

"무슨 뜻이야?"

"'귀신의 집은 커플 간의 거리가 가까워질 최고의 상황이지!'라고 했어요. 자연스럽게 밀착할 수 있어서 남자도 기뻐한다고……."

루미가 한 말을 옮기는 게 어지간히 부끄러웠는지 목소리가 서서히 작아졌다.

거리가 가까워진다니……. 그건 사귄 지 얼마 안 됐거나 사귀기 직전에 썸 타는 남녀의 이야기 아닌가.

그래도 아오이가 귀신의 집에 들어가고 싶다고 했다. 눈치 없이 딴지 걸지 말고 하고 싶다는 걸 이루어 주는 게 남자 친구의 역할이겠지.

"알겠어. 들어가자."

"오빠……. 고마워요."

"근데, 호러는 좀 그렇다며. 정말 괜찮겠어?"

"으으, 견뎌 볼게요……."

"그렇지, 손을 잡고 다니자. 그러면 조금은 안심되지? 절대 놓지 않을게. 응?"

"네? 아……."

대답을 듣지 않고 손을 잡으니, 아오이가 얼굴을 붉게 물들이고 고개를 숙였다.

"……멋있는 행동을 태연하게 하지 마요. 바보."

"응? 손잡아 주는 게 멋있었어?"

"그런 거 말이에요. 바보."

아오이가 맞잡은 손에 힘을 주어 꽉 잡았다.

"이러면 곤란해요……. 오빠가, 점점 더 좋아지잖아요."

"그게 뭐 어때서. 지금보다 더 좋아해 주는 게, 나는 기쁜데……. 아."

이, 일 쳤다!

나도 모르게 그만 속내를 입 밖으로 내고 말았어……!

평소라면 자제할 수 있는데 이번엔 그러지 못했다. 롤러코스터를 타고 기분이 고양된 탓인지도 모른다.

"하으으으……!"

입에서 이상한 소리가 샌 아오이는 얼굴이 새빨개졌다.

부탁이야! 부탁이니까 뭐라고 좀 해 봐!

"어, 음……. 조, 좋았어! 귀신의 집으로 출발!"

"그, 그래요! 와, 기대돼요!"

어떻게든 부끄러운 침묵을 벗어난 우리는 귀신의 집 입구까지 갔다.

매표소에서 푯값을 계산한 뒤, 직원에게 열쇠와 부적을 받고 설명을 들었다.

이 귀신의 집의 목적은 원령을 쫓는 것이란다. 집 깊숙한 곳에 있는 서재──'원령의 방'으로 가서 거기에 있는 '저주받은 두개골'에 부적을 붙이면 임무 성공이다. 그리고 열쇠는 서재에 들어가려면 필요하다고 한다.

"오빠. 준비됐죠? 가요."

용감하게 들리지만, 아오이는 어느샌가 내 팔에 매달려 있었다. 손을 잡는 것만으로는 불안했나 보다. 덜덜 떠는데 괜찮을까 모르겠네……

집으로 들어가니, 안은 어두컴컴했다.

지금은 아직 입구가 열려 있다. 입구로 들이치는 빛이 있으니까 그나마 보이지만, 문이 닫히면──.

끼이이이익, 쾅!

그런 생각을 하는 사이에 입구가 멋대로 닫혔다.

"꺄아아아악!"

아오이가 비명을 지르며 더 내게 달라붙었다.

"아오이, 괜찮아?"

"……바, 방금은 무서워한 거 아니에요. 낡은 목조 건물인데 문이 저절로 닫혀서 놀랐을 뿐이에요. 이야, 의외로

193

최신 기술이 쓰인 집이네요."

"자동문이 아니라, 방금 그 연출은……."

"원령의 짓이 아니에요! 비과학적이라고요!"

맹렬하게 부정당했다.

반응은 귀엽지만, 당사자는 심히 무서워하고 있다. 이 안에서는 놀리지 말자.

"괜찮아. 나한테서 떨어지지 않으면 하나도 안 무서워. 알았지?"

"네, 네……. 오빠만 믿어요."

가냘픈 목소리로 대답하는 아오이. 응석을 부릴 여유도 없어 보인다.

복도에는 군데군데 불이 있어서 길을 헤맬 일은 없었다. 우리는 어두한 복도를 조심스럽게 나아간다.

저택 안은 매우 고요했다. 걸을 때마다 바닥이 삐걱거리는 소리가 선명하게 들린다.

끼익, 끼익, 으스스한 소리다.

공포심을 부추기는 연출은 소리뿐만이 아니었다. 불 옆에 거미집을 만들어 두거나 벽에 끈적한 피를 묻혀 놔서 시각적으로도 무서운 분위기를 자아내고 있다.

잠시 걸으니, 낮게 우는 소리가 들려왔다.

「우어어어……. 으어어어어어억……!」

"히익!"

아오이가 짧은 비명을 지르며 내 팔을 더 세게 안는다.

……아까부터 가슴이 닿는데.

아니지. 밀어붙이고 있다고 표현해도 좋다. 말랑말랑한 감촉이 팔로 전해진다.

"있잖아, 아오이. 걷기 불편하니까 힘을 조금만 빼 주지 않을래?"

"시, 싫어요! 오빠가 떨어지지 말랬잖아!"

꼬옥.

내 팔이 한층 더 말랑한 감촉에 싸인다.

……틀림없어. 내 팔은 가슴골에 끼어 있어. 신경 쓰여서 귀신의 집에 집중할 수가 없는데?!

심장이 요동치는데,

「가……. 오지 마……. 돌아가아아아아!」

쨍그랑, 쨍그랑!

원령의 고함과 함께 식기가 깨지는 소리가 실내에 울려 퍼진다.

"꺄아아아아악!"

아오이가 흠칫 떨었다.

"놀랐지, 괜찮아?"

"으으……. 오빠, 무서워요. 먼저 가요. 저는 금방 뒤따라갈게요."

그렇게 말하며 아오이가 내게서 떨어졌다.

후. 드디어 가슴에서 해방된다.

……그렇게 생각한 것도 잠시, 아오이가 내 뒤로 섰다. 그리고는 그대로 내 허리에 팔을 둘러 몸을 밀착해 온다.

잠깐, 조금 전보다 상황이 더 악화하지 않았나?!

"오빠……. 저를 지켜 주세요오오……!"

"아, 알겠어. 출구까지 힘내자."

아오이가 극도로 무서워하고 있다. 힘을 빼라고 말할 수 있는 분위기가 아니다. 나는 등에 닿은 거대한 마시멜로를 머리에서 지우려 애쓰며 복도를 전진했다.

그 뒤에도 아오이는 계속 무서워했다.

아무도 없는데 미닫이가 쾅 닫히면…….

"꺄아아아악! 저주, 저주예요!"

맹장지 한 면이 새빨간 손자국으로 뒤덮여 있으면…….

"히이이익! 악령 퇴치, 악령 퇴치!"

그리고 창문에 소복을 입은 여자의 얼굴이 비치자…….

"…………."

결국 말을 잃고 말았다.

"아오이, 괜찮아?!"

"사, 살아는 있어요……."

"그, 그래……. 조금만 더 가면 출구니까. 여기가 서재 같아."

눈앞에 자물쇠가 달린 서재가 있다. 입구에서 설명을 들은 '원령의 방'이 틀림없다.

우리는 열쇠로 자물쇠를 열고 안으로 들어갔다.

중앙에는 나무 탁자와 낡은 의자가 있다. 벽면에는 책장이 있고 꾀죄죄한 서적이 나열되어 있었다.

……보아하니, 원령은 없는 듯하다.

"직원이 두개골에 부적을 붙이랬지……. 아, 이거다!"

탁자 위에 백골화된 사람의 머리가 놓여 있다. 나는 그 머리에 부적을 눌러 붙였다.

바로 그때였다.

──뭐 하는 거야?

모르는 여자 목소리가 등 뒤에서 들린다.

이번에는 나도 놀라 뒤돌았다.

돌아선 곳에는 소복을 입은 여자가 서 있었다. 살결은 거칠고 허리까지 오는 긴 머리는 부스스하고 풀어헤친 상태. 입술을 새빨갛고 충혈된 눈으로 우리를 노려본다.

……무서워라. 진짜 쫄았다. ……그건 그렇고, 공격해 오지 않겠지?

나조차 놀랐다.

무서운 걸 싫어하는 아오이는 얼마나 놀랐을까──.

"나, 나, 나왔다아아아아아악!"

그런 생각을 하는데 아오이가 비명을 질렀다.

"진정해, 아오이! 서재 안쪽에 복도가 있었어! 아마 그쪽이 출구일 거야!"

"어, 얼른 도망쳐야…… 꺅!"

"어? 아……!"

공황에 빠진 아오이가 발에 걸려 넘어지면서 나를 덮치듯 쓰러졌다.

갑작스러운 사고에 대응하지 못해, 나도 그대로 넘어지고 말았다.

"아야야……. 어?"

어째선지 눈앞이 새카맸다.

그리고 묘하게 숨이 답답하다. 뭔가 부드러운 것이 얼굴을 내리누르는 탓이다. 마치 거대한 마시멜로로 얼굴을 누르는 듯이……. 웅?

서, 설마……. 내 얼굴이 아오이 가슴 밑에 깔린 거야?!

"아, 아오이! 움직일 수 있으면 당장 비켜 주지 않을래?!"

"히얏! 그, 그렇게 얼굴을 움직이면 안 돼……!"

내가 말을 했기 때문일까. 아오이는 섹시한 교성을 내며 움찔거렸다.

수, 숨 막혀! 아오이의 폭신폭신한 가슴에 질식당하고 만다……!

"미안, 아오이! 잠깐 실례할게!"

나는 아오이의 몸에 손을 대고, 힘으로 자세를 바꾸었다.

"히악!"

아오이가 짧게 비명을 질렀으나 신경 쓸 여유는 없다. 마시멜로 천국에서 해방된 나는, 일어서서 아오이의 손을 잡았다.

"아오이, 일어설 수 있겠어?"

"네, 네. 괜찮아요……."

아오이를 부축하면서 천천히 일으켜 세운다.

소복을 입은 여자가 낮게 신음하며 아오이가 일어나는 걸 기다려 주고 있었다. 상냥한 원령이라 살았다.

"좋아, 가자!"

아오이와 손을 잡은 채로 서둘러 서재를 빠져나갔다.

「이놈들……. 살려서 돌려보내지 않겠다!」

뒤에서 원령의 성난 소리가 들리지만, 무시하고 안쪽 복도로 향한다.

막다른 곳에 있는 문을 여니 햇빛이 우리를 맞아 주었다. 눈앞에 사람이 많다. 무사히 탈출한 모양이다.

직원의 고생했다는 인사를 받고 우리는 귀신의 집을 뒤로했다.

"후~. 마지막에는 무서웠지, 아오이."

"네, 네……."

고개를 끄덕이고는 멈춰 서는 아오이.

홍조를 띤 얼굴로 글썽거리며 나를 본다.

"왜 그래? 혹시 넘어졌을 때 다쳤어?"

"아뇨, 다친 건 아닌데요……."

아오이가 가슴을 손으로 가렸다.

"오빠 얼굴을 흉측한 거로 눌러서……."

"휴, 흉측하지는 않아……. 마음 안 써도 돼."

"거기다 오빠가 만졌잖아요……."

"……뭐?"

만졌다고?

그러고 보니 서재에서 아오이의 몸을 만졌을 때 비명이
들렸지.

……설마 그때 만져서는 안 될 곳을 만진 건가?!

"미안해, 아오이! 언짢은 일을 겪게 해서……!"

"아니에요. 오빠라면 어디를 만져도 싫지 않아요…….
그냥 부끄러웠을 뿐이에요."

"그, 그래……?"

번민하고 있는데 아오이가 울먹거리는 눈으로 나를 바
라봤다.

"그렇지만 그런 곳을 만지다니……. 역시 오빠는 가끔
음흉해요."

그 말만 하고 아오이는 내게서 도망치듯이 벤치로 달려
갔다.

쫓아가고 싶지만, 아오이의 한마디가 마음에 걸려서 몸이 꼼짝도 하지 않는다.

"그런 곳을 만졌다……? 게다가 가끔 음흉하다고……?"

아오이가 말한 '그런 곳'이 어디지……. 나, 음흉하다는 말을 들을 만한 곳은 안 만졌는데?!

하지만 귀신의 집 내부는 어두웠던 데다가 나도 초조했다. 나도 모르게 '그런 곳'을 만져 버렸는지도 모른다.

……응. 사고라고 해도 내가 잘못했지.

나는 작아지는 아오이의 뒷모습을 보면서 반성했다.

◆

벤치에서 쉰 뒤에 우리는 쇼핑몰로 향했다.

여긴 패션 구역의 한 곳. 나와 아오이는 봄옷과 소품을 구경하면서 쇼핑을 즐기는 중이다.

"오빠. 이 원피스 어때요?"

아오이가 원피스를 몸에 갖다 대고 내게 감상을 물었다.

"귀여워. 잘 어울리는데."

"그래요? 하지만 저 원피스도 괜찮은 것 같은데……. 음……."

고민하는 아오이. 그러다 뭔가를 보고 웃는다.

"아! 저 치마도 귀여워요!"

아오이가 원피스를 내려놓고 다른 옷을 가지러 갔다. 즐겁게 쇼핑하는 아오이를 흐뭇하게 보며 나도 뒤따라갔다.

놀이공원에 쇼핑⋯⋯. 아오이와 이런 식으로 데이트하는 건 처음이다. 다음에는 어떤 가게를 갈까 하고 생각하기만 해도 설렌다.

"아, 맞다."

오늘 하루를 돌이켜 보고 있는데, 아오이가 뭔가 떠올랐나 보다.

"오빠. 슬슬 밥 먹어요."

"좋아. 마침 배가 고픈 참이었어."

"괜찮은 가게를 골라 뒀어요. 같이 보고 정해요."

"오. 어디 보자⋯⋯."

아오이가 내민 휴대폰 화면을 보며 둘이 의논하여 어디서 먹을지 정했다.

이런 별것 아닌 시간조차 행복하다.

곧 먹을 저녁도, 집으로 돌아가는 길도⋯⋯ 분명 자는 그 순간까지 즐거운 시간이 계속되겠지.

"아오이. 여기는 어때?"

"후후. 오빠라면 거기를 고를 줄 알았어요."

우리는 손을 잡고 함께 식당 구역으로 향했다.

저녁은 양식 레스토랑에서 먹기로 했다.

자리에 앉아 음식이 나오기를 기다리는데 점원이 뜨거운 철판 그릇을 내왔다.

"오래 기다리셨습니다. 일품 함박스테이크입니다. 소스가 튈 수 있으니 조심해서 드세요."

그렇게 말하고 점원은 가볍게 인사한 후에 물러갔다.

함박스테이크에는 데미그라스 소스가 끼얹어 있다. 철판 접시에서 나는 치이익 소리가 적당히 식욕을 돋운다.

참고로 아오이는 명란 파스타를 주문했다. 요즘 루미와 자주 먹는 메뉴라고 한다.

"잘 먹겠습니다."

식전 인사를 하고 우리는 음식을 먹기 시작했다.

함박스테이크를 한 입 먹으니, 고기가 포슬포슬 흩어진다. 육즙이 넘쳐흐른다. 음. 이름처럼 일품이네.

"아오이. 이 함박스테이크 맛있어."

"후후. 마음에 들어서 다행이에요."

"그래도 나는 아오이가 만들어 주는 함박스테이크를 가장 좋아해. 맛있기만 한 게 아니라 먹으면 안심이 되는 맛이거든."

"아이참. 과찬이라니까요……. 그래도, 고마워요."

아오이가 수줍게 답하고 파스타를 입으로 가져갔다. 맛있게 우물우물 먹는 표정이 집에서 보는 미소와 살짝 다른 기분이 들었다.

멍하니 보고 있으니 아오이가 못 말린다는 듯 웃었다.

"오빠, 입가에 소스 묻었어요."

"응? 정말?"

"닦아 줄 테니, 가만히 있어요."

아오이가 종이 냅킨을 들어 상반신을 숙여 손을 뻗더니, 그대로 내 코 아랫부분을 냅킨으로 부드럽게 닦는다.

"하여간. 애도 아니고 말이에요."

"아하하, 미안. ⋯⋯아."

평소처럼 잔소리를 듣고 알았다.

오늘 데이트의 테마는 신선한 경험.

그렇구나⋯⋯. 오늘 하루 신선하고 특별한 기분이 든 이유를 알 것 같다.

"오빠. 듣고 있어요? 제가 항상 옆에 있는 건 아니잖아요. 거래처 분들과 식사하러 갔을 때, 입가에 소스를 묻히고 먹으면 제안을 거절당할 수도 있다고요."

아내 모드 아오이에게 꾸중을 듣고 말았다.

레스토랑에서 잔소리를 듣기는 창피하다. 화제를 바꾸자.

"미안, 조심할게⋯⋯. 그러고 보니 저녁 먹고 난 다음에는 생각해 놓은 일정 있어?"

"그거 말인데요, 마지막으로는 관람차를 타고 가지 않을래요?"

"관람차라. 탄 지 몇 년은 된 것 같아. 기대되는걸."

"이 시간이면 야경이 예쁠 것 같아요. 즐거울 거예요, 분명."

"……응. 그럴 거야."

아오이와 함께라면 즐거움도 배가 되니까.

……아하하. 이런 말을 하면 또 '바보'라고 할 것 같다.

"기뻐 보이네요. 그렇게 관람차를 타고 싶었어요? 입에 소스를 묻히질 않나. 오늘 좀 아이 같네요."

아오이가 그렇게 말하며 웃었다.

"오, 그렇게 나온다 이거지? 아오이도 쇼핑할 때 아이처럼 들뜨지 않았던가?"

"후후. 저는 오빠에게 맞춰 준 것뿐인데요? 저는 어른이니까요."

"어른은 귀신의 집에서 그렇게까지 평정을 잃지 않는데 말이지."

"그, 그게 뭐 어때서요! 어른도 무, 무서운 게 있는 법이에요!"

발끈하는 아오이가 재미있어서 절로 웃음이 나온다.

……오늘은 정말 모든 시간이 즐겁구나. 이것도 전부 아오이가 데이트하자고 해 준 덕분이야.

"오빠. 제 얘기, 듣고 있어요?"

"응? 아, 미안해. 잠깐 딴생각했어."

"익. 설교가 필요하겠어요."

"뭐?! 레스토랑에서 설교는 좀 봐줘……."

"안 돼요. 부부 생활을 원만하게 하려면 아내의 이야기를 들어주는 건 중요한 거예요."

"그러니까 레스토랑에서 할 이야기는 아니잖아?!"

창피하니까 레스토랑에서 부부 생활에 대해 지적하지 말아 줘! 애초에 엄밀히 말하면 아직 부부도 아니라고!

"알겠어요? 항상 일하느라 피곤한 건 알지만, 아내도 남편이 들어줬으면 하는 얘기가 많아요. 슈퍼에서 장을 봤을 때 일이나 이웃의 일이나 그런 일상의 소소한 일들을……. 잠깐만요, 오빠. 제 눈을 보고 들어요."

"제발 용서해 줘……."

아오이는 눈치 못 챘지만, 옆자리의 노부부가 우리 쪽을 보며 키득키득 웃고 있다. 정말 부끄러우니까 이제 그만해…….

"오빠. 무슨 말인지, 이해했어요?"

"으, 응. 조심할게……."

나는 연하의 약혼자에게 '부부 생활에 있어 중요한 점'에 관해 설교를 들으며 식사했다.

◆

식사를 마치고 약속한 대로 관람차를 타기로 했다.

아오이가 조사한 정보에 따르면 위에서 보는 도시의 네온사인이 아름답다고 호평이라고 한다. 단둘만 있는 공간에서 야경을 볼 수 있는 이 놀이기구는 필시 커플에게 인기가 많으리라.

곤돌라에 올라서, 아오이는 내 옆에 앉았다.

"봐요! 야경이 예뻐요!"

둘이 몸을 맞대고 창밖을 내다본다.

눈 아래로 펼쳐진 밤거리. 인공적인 빛이 밤을 지우고 거리 전체를 눈부시게 물들였다.

밤하늘에는 흐릿하게 떠있는 달이. 봄달은 어렴풋하고 윤곽이 모호하다. 그리고 부드럽고 따뜻한 빛을 뿜고 있다.

"와……. 근사하죠, 오빠."

"응. 정말 예쁘다."

야경에 대한 감상일까. 아니면 달을 넣 놓고 보는 아오이의 옆얼굴에 대한 감상일까. 나조차도 알 수가 없어 웃고 말았다.

"오빠? 뭐 재미있는 거라도 봤어요?"

"아, 아니. 아오이와 함께 있으니, 여러모로 새롭게 발견하는 게 있어서 즐거워서."

"그래요? ……그러면 다행이고요. 놀이공원 데이트는 좀 유치할까 걱정했거든요."

"무슨 소리야. 이렇게 즐거운데. 아오이 말대로 신선한 데이트였어."

"정말요?"

아오이의 가슴께에 있는 목걸이가, 달빛을 반사해서 반짝 빛난다.

"진심이야. 오늘 어떻게 이리도 신선한 기분이 들 수가 있나 생각했는데⋯⋯ 그 이유도 알았어."

오늘 데이트는 평소 하던 데이트와 결정적으로 다른 점이 있다.

그 이유는──.

"나, 오늘은 아오이와 같은 눈높이에서 즐겼어."

롤러코스터를 탔을 때는 아오이와 함께 만세를 부르며 낙하했다. 그렇게 신이 난 건 학창 시절 이래로 처음이라 설렜다.

귀신의 집을 갔을 때도 마찬가지다. 지금 돌이켜보면 학생 커플이 달라붙어서 귀신의 집을 즐기는 듯한 기분이었다.

원피스를 고르는 아오이 옆에 있을 때도.

레스토랑에서 좋아하는 음식을 먹고 들떴을 때도.

오늘 하루, 나는 쭉 학생이라도 된 기분이 들었다.

"아오이와 학생 커플이 된 것 같아서 즐거웠어. 신선한 데이트를 생각해 줘서 고마워."

"유야 오빠⋯⋯. 저, 지금 정말 기뻐요."

아오이가 기쁜 미소를 짓고는 그대로 내 팔에 꼭 안겨 왔다.

아름다운 야경이 보이는 관람차. 곤돌라라는 밀실에서 단둘이. 달콤한 분위기가 되는 건 당연했다.

그러나 아무리 그래도 곤돌라에서 이러는 건 좀⋯⋯.

"오빠."

"왜, 왜 불러?"

"그렇게 기쁜 말을 들으면, 참을 수가 없어요."

"참을 수가⋯⋯ 없다니?"

"응석 부리고 싶어요. ⋯⋯안 돼?"

아오이가 올려다보며 조르기를 발동했다.

지금 이건 메이드복을 입고 내게 밀착했을 때와 비슷하다. 아니지, 아니야. 밖에서 그러면 곤란해!

"안 돼, 아오이. 집에 갈 때까지 참자. 응?"

"우웃⋯⋯. 오빠는 저와 붙어 있는 거, 싫어요?"

"그 질문은 치사한데⋯⋯. 싫지 않아, 좋아해. 하지만 지금은⋯⋯."

"그러면 꼭 안아 줘요."

"안아 달라고?!"

"지금⋯⋯ 안고 싶은걸."

아오이의 얼굴이 눈앞으로 바짝 다가온다. 흥분했는지 숨결이 거칠었다.

큭……. 도저히 아오이가 조르는 건 거절할 수가 없다. 이 1년 동안 응석 부리는 기술이 많이 늘었어.

"……알겠어. 잠깐만, 안자."

"그래도 돼요?"

"아주 잠깐만이야."

"네. 이다음은 집에서…… 맞죠?"

아무렇지 않게 집에서도 응석 부린다는 약속을 잡아 버렸다.

이런, 이런. 오늘은 밤이 길 듯하다.

아오이가 나를 받아 주듯 양팔을 펼쳤다.

"오빠……. 이리 와요."

"응……."

나는 아오이를 살짝 감싸듯 안으려──.

덜커덩!

갑자기 곤돌라 문이 열렸다. 막 지상에 도착한 것이다.

나와 아오이는 껴안기 직전의 자세로 굳었다.

"즐거우셨습니까? 발밑을 조심해서 내려주……, 크흡!"

당장에라도 껴안으려는 우리를 본 여자 직원이 들어 본 적도 없는 이상한 기침을 했다. 왠지 '좋을 때네'라고 하는 듯한 표정인데……!

"하웃……!"

아오이는 얼굴이 새빨개진 채, 부끄러운지 고개를 푹 숙이고 있다.

"자, 자, 아오이! 내리자!"

아오이의 손을 잡고 서둘러 곤돌라에서 내렸다.

"또 이용해 주시길 바랍니다!"

뒤에서 들리는 직원의 목소리는 명백히 웃음을 참는 듯한 목소리였다.

차, 창피해……!

놀이공원 출구까지 온 뒤에야 잡고 있던 손을 놓았다. 아오이는 아직도 뺨이 발갛게 달아 부끄러워하고 있다.

"아하하……. 아오이, 괜찮아?"

"네, 네……. 직원분께 놀림을 당하고 말았네요."

"응. 엄청나게 히죽거렸지."

"으읏. 제 탓이에요……. 다음부터는 때와 장소를 가려서 응석 부릴게요."

아오이가 진지한 표정으로 말했다.

때와 장소를 가려서 응석을 부리겠다고……?

이런 독특한 사과는 난생처음 듣는다. 응석 부리는 법을 반성하는 아오이. 아주 재미있는걸.

나 자신도 이유를 모르겠는데 웃음보가 터지고 말았다. 참지 못하고 웃음을 티트렸다.

"왜……. 왜 웃어요!"

"아하하하! 어떻게 안 웃어. 설마 그런 반성을 할 줄은 몰랐단 말이야!"

"정말! 웃지 마요!"

아오이가 내 가슴을 도닥도닥 때린다.

평소의 나라면 놀린 것을 사과했겠지. 연하의 여자 친구를 화나게 한 잘못이 있다는 이성이 작용하니까.

하지만 지금은 웃음을 참을 수가 없었다.

이제 곧 데이트가 끝나고 만다.

그래도 아주 조금만.

아오이와 같은 눈높이에서 데이트하고 싶다……. 그렇게 생각했다.

"아하하! 아오이, 넌 정말 재미있고 귀여워!"

"이익! 귀엽다고 해도 용서 안 해 줘요!"

"아하하, 미안, 미안."

"정말이지. 너무 웃는다고요……. 후후."

화를 내던 아오이의 표정이 온화하게 풀려 간다. 눈이 호를 그리고 작은 몸을 재미있다는 듯 들썩이며 웃었다.

우리 두 사람의 웃음소리가 밤 속으로 울려 퍼진다.

머리 위에 뜬 달은 이미 구름에 가려 보이지 않는다.

◆

한바탕 웃은 뒤, 우리는 집에 가기로 했다.

전철에 몸을 실은 동안, 우리는 오늘 데이트의 감상을 서로 얘기했다. 롤러코스터에서 만세했던 것. 귀신의 집에서 아오이가 무서워한 것. 레스토랑에서 먹은 함박스테이크. 그리고 관람차에서의 실패. 시간 가는 줄 모르고 얘기하다 보니, 금방 집 근처 역에 도착했다.

지금은 전철에서 집까지 걸어가는 중이다.

"오빠. 다음에 놀이공원에 또 오면 물로 낙하하는 롤러코스터도 타 봐요."

아오이는 아직 놀이공원 얘기를 하고 있다.

정말 재미있었나 보네……. 뭐, 나도 함께 신나게 놀았으니, 아오이와 같은 기분이지만.

"그거 타면 젖지 않아? 판초 같은 거 빌려주나?"

"인터넷에서 판매한다고 본 거……."

말하다가 멈춰 서는 아오이.

회색 구름이 덮은 하늘을 올려다보며 불안해한다.

"……밤에 비가 온댔죠?"

"응. 장대비라던데."

"천둥 번개도 치나요?"

"지역에 따라 그렇다고 봤어."

"그, 그래요……. 그럼 비가 내리기 전에 가요."

아오이가 갑자기 안절부절못하기 시작했다.

혹시…….

"아오이, 천둥 무서워해?"

"네?! 왜, 왜요?"

"아니. 조금 전까지만 해도 즐거워 보였는데 번개가 칠지도 모른다는 말을 듣자마자 기운이 없잖아. ……무서워하는 줄 몰랐어."

"아, 아니에요! 내일 빨래를 널 수 있을지 걱정했을 뿐이에요. 천둥이 무섭다니 제가 애도 아니고, 저는 이제 어른이거든요?!"

숨도 안 쉬고 입에 모터 단 듯이 변명한다. 무조건 무서워한다.

……뭐, 아오이의 명예를 위해서라도 모른 척해 주자.

그러는 김에 선의의 거짓말도 해 둘까. 천둥이 쳤을 때 아오이가 내게 의지할 이유를 만들어 줘야지.

"그렇구나. 오해해서 미안."

"아뇨. 알아 주면 됐어요."

"천둥, 나는 좀 그렇거든. 만일 무서워하면 옆에 있어 줘야 해, 알았지?"

"오빠……."

아오이가 살짝 미소 지은 뒤, 작게 목을 가다듬었다.

"큼. 알겠어요. 이렇게 부탁하니, 옆에 있어 줄게요."

아오이의 기뻐 보이는 저 반응……. 내 의도를 눈치챘는지도 모른다. 선의의 거짓말을 들킨 건 부끄럽지만, 이로써 아오이도 내게 기대기 편해졌겠지.

"자, 얼른 가자."

"네. ……어라, 혹시 비?"

아오이가 손바닥을 위로 펼치고는 내게 물었다.

고개를 들어 하늘을 본다. 가로등에 비친 큰 빗방울이 뚝뚝 드문드문 떨어지는 걸 확인할 수 있었다.

곤란하게 됐군. 우리 오늘 우산 안 챙겨 나왔는데.

"날씨 예보보다 일찍 내리네……. 아오이. 본격적으로 쏟아지기 전에 가자."

"네, 서둘러요."

우리는 주택가를 빠른 걸음으로 걸었지만, 빗발이 점차 거세졌다. 뚝뚝 떨어지던 비도 지금은 쏴쏴 내린다.

거의 다 와서 이제 엎어지면 코 닿을 데다. 잠깐 멈춰 비를 피할 정도의 거리는 아니니, 집까지 뛰는 게 빠르리라.

"아오이! 뛰자!"

"아, 알겠어요!"

우리는 넘어지지 않도록 조심하며 뛰어, 드디어 집으로 돌아왔다.

현관에서 신발을 벗고 서로의 모습을 본다. 아오이의 머리가 흠뻑 젖었다. 분명 내 머리도 아오이만큼 젖었을 게 틀림없다.

나와 아오이는 웃옷를 벗고 쓴웃음을 지었다.

"우와. 꽤 많이 젖었다."

"네. 쫄딱 젖었어요……."

"마지막에 좀 뛰었는데 힘들지는 않아?"

"흥, 저를 체력도 없는 사람이라고 생각하는 거 아니에요? 그래도 그 정도 거리는 힘들지 않아요."

"아하하, 그래……. 윽!"

젖은 아오이의 모습을 살피다가 위험하다는 걸 깨닫고 말았다……. 옷이 비쳐서 브래지어가 다 보인다!

색깔은 파란색. 산뜻한 꽃무늬라는 것도 봐 버렸다. 그뿐인가, 가슴 모양까지 또렷이 돋보인다.

옷이 젖으면 평소보다 가슴이 더 커 보이는구나. 살에 딱 달라붙어서 모양이 더 강조되는 탓이겠지. 존재감도 크고 거기다 실루엣도 예쁘네……. 잠깐, 이렇게 힐끔힐끔 보면 안 되지!

"오빠? 뭘 그렇게 열중해서 보는……. 꺅!"

아오이도 이제야 눈치챘는지 황급히 가슴을 손으로 가렸다.

"보, 보고 있었죠?!"

"미, 미안!"

"정말이지……. 역시 오빠는 음흉해요."

뺨을 붉게 물들이고 나를 노려보는 아오이. 뭐라 할 말이 없습니다.

……그나저나 비 맞은 몸이 단숨에 식고 있어. 감기라도 걸리면 큰일이야.

"아오이. 먼저 씻어도 돼. 몸도 좀 덥히고."

걱정해서 한 제안인데 아오이가 고개를 좌우로 저었다.

"안 돼요. 오빠가 먼저 들어가요."

"어? 왜?"

"오빠가 감기 걸리는 건 싫으니까요."

"그러면 아오이가 감기에 걸리잖아. 나는 괜찮으니까 먼저 씻는 게——."

"안 돼요! 오빠가 먼저! 저는 나중이에요!"

"왜 그렇게 고집을 부려?!"

"오빠의 건강이 중요하니까요. 자, 얼른 들어가요. 씻고 나오면 저도 바로 들어갈 테니까……. 에취!"

아오이가 말하다가 재채기를 했다.

"괜찮아? 추워?"

"아뇨. 저는 괜찮으니까……. 에취!"

"안 괜찮아 보이네……."

이런. 말다툼하는 사이에 아오이의 몸이 식고 말았다.

얼른 따뜻한 물에 들어가지 않으면 정말 감기 걸린다?

……수단을 가릴 때가 아니군.

"아오이. 우리는 서로 감기에 안 걸렸으면 해서 먼저 씻으러 들어가라고 양보하는…… 지금 그런 상황인 거지?"

"맞아요. 뭔가 좋은 생각이 있어요?"

"응. 우리 둘이 같이 들어가면 돼."

"가, 같이요?!"

아오이의 얼굴이 뜨거운 물에 몸을 담가 얼굴이 달아오른 것처럼 새빨개졌다.

"같이 들어가면 우리 둘 다 감기에 걸릴 위험도 낮아지잖아? 아주 좋은 생각이지?"

"그, 그거야 그렇지만……."

"그러니까 나랑 같이 들어갈 수 없다면, 아오이 먼저 들어가야 해."

"왜 그렇게 되는 건데요! 오빠, 치사해요!"

"치사하지 않아. 어떻게 할지 아오이가 정해."

"웃……."

"5초 안에 정해 줘. 5초 지나면 강제로 목욕 이벤트로 돌입할──."

"머, 먼저 들어갈게요!"

아오이가 부끄러운 듯 말하고는 서둘러 옷을 벗으러 들어갔다.

"작전 성공, 인가."

그렇게 말하면 아오이가 먼저 씻으러 가리라고 확신했다. 순수한 아오이가 그런 선택지를 자기 손으로 고를 리는 없으니까.

"후⋯⋯. 역시 좀 춥네."

말하면서 몸을 떤다. 지금 바로 난방을 틀자.

에어컨 리모컨을 들려는 그때, 욕실 문이 살짝 열렸다. 좁은 틈새로 아오이가 얼굴을 빼꼼 내밀었다.

"왜 그래? 아오이. 뭐 깜박했어?"

"그⋯⋯ 아직은 이르다고 생각해요."

"응?"

"가, 같이 씻는 건, 결혼한 다음에 할 거예요!"

타앙!

욕실 문이 거세게 닫혔다.

⋯⋯결혼하면 같이 들어가고 싶은 거야?!

마음속으로 딴지를 걸며 번뇌의 시간을 가졌다.

◆

그 후, 씻고 나온 우리는 소파에 앉아 딱 달라붙어 수다를 떨었다. 관람차에서 '집에서 응석을 부리겠다'라고 약속했기 때문이다.

아오이는 그때 응석 모드로 돌입해 있었다. 그런데 타의로 보류당해, 붙어 있고 싶은 마음을 참고 있다. 단둘이 된 지금, 당장에라도 응석을 부리고 싶어 몸이 근질근질할 터다.

"흐아아아암······."

오늘 밤 아오이는 어떤 식으로 응석을 부리려나 생각하던 참에, 잠옷으로 갈아입은 아오이가 하품을 크게 했다.

오늘은 오래 즐기기도 했고, 나를 즐겁게 해주려고 노력했다. 눈에 보이지 않는 피곤이 이제야 몰려오는 거겠지.

"아오이. 오늘은 이만 자는 게 어때?"

"하지만 약속이······. 흐아아아암······."

"그것 봐. 또 하품하잖아. 피곤할 때는 쉬는 게 나아. 수면 부족은 면역력 저하에 감기로 이어진다고 아오이가 나한테 자주 말했잖아."

"그, 그렇게 말하면······."

"다른 날에 응석 부려도 되니까. 응?"

"으······. 약속했어요? 꼭이에요?"

토라진 표정으로 몇 번이고 확인하는 아오이가 웃겨서 나도 모르게 웃고 말았다.

"아하하. 오케이. 약속할게."

"······알겠어요. 잘 자요, 오빠."

"응. 아오이도 잘 자."

아오이는 휘적휘적 힘없이 걸어 방으로 들어갔다.

아오이가 없는 거실이 조용해서 금세 쓸쓸해졌다.

문득 창밖을 봤는데 비가 사선으로 세차게 내리고 있었다. 아직은 빗발이 약해질 기미가 없다. 약해지기는커녕 아까보다 더 거세진 느낌이다. 요란하게 뿌린다던데 내일 아침까지는 그칠까.

"······자, 나도 잘까."

방으로 들어와 불을 끄고 침대에 눕는다.

눈을 감으니, 조금 전보다 빗소리가 선명하게 들린다.

잠시 뒤, 멀찍이서 우르르 소리가 났다. 천둥이 울린 것이다.

그리고 그다음 순간──.

콰과광!

천둥소리가 울려 퍼진다. 단전에 쿵 울리는 위협적인 소리다. 집에서 그리 멀지 않은 곳에 번개가 쳤는지도 모른다.

······시끄러워서 잘 수가 없네.

꿈지럭꿈지럭 뒤척이는데 갑자기 누가 노크를 했다.

"오빠······. 들어가도 돼요?"

문 너머에서 아오이의 목소리가 들린다.

"들어와."

내가 대답하자, 문이 천천히 열렸다.

상체를 일으켜 목소리가 들린 쪽을 쳐다본다. 어두컴컴해서 잘은 안 보이지만, 아오이가 서 있다는 건 알았다.

"아오이. 나 깨어 있으니까 불 켜도 돼."

"알겠어요."

잠시 후, 방이 밝아졌다.

다시 아오이를 보니, 아오이는 베개를 소중하게 끌어안고 떨고 있었다.

"무슨 일이야?"

"저기, 부탁이 있는데요⋯⋯."

"뭔데? 말해 봐."

"오빠⋯⋯. 안아 주세요."

"허?"

아오이의 충격 발언에 나도 모르게 얼빠진 소리를 내고 말았다.

잠깐만. 내 방에 베개를 들고 와서는 '안아 주세요'⋯⋯? 그런 게 하고 싶다는 뜻이야?!

아오이가 응석 부리고 싶어 하는 건 안다.

하지만 이렇게까지 어른의 행위를 원한다니⋯⋯!

"진정해, 아오이. 갑자기 '안아 달라'는 건 너답지 않아."

"진정 못 해요. 저, 진심이에요."

"진심이라니⋯⋯. 알겠어, 잠깐 대화 좀 하자. 응?"

"진정할 수 없어요⋯⋯. 왜냐하면 저, 실은 천둥이 무섭단 말이에요⋯⋯!"

"⋯⋯헤?"

그래, 천둥을 무서워하는 건 눈치채고 있었는데⋯⋯.

"음, 저기⋯⋯. '안아 달라'는 건 무슨 의미야?"

"무서워서 혼자 못 자겠어요. 그러니까, 가능하면 옆에 누워서 폭 안아 줘요……."

"……같이 자면서 안아 달라는 거였어?"

또 헷갈리게 말하고……. 일선을 넘고 싶다는 줄 알고 마음 졸였잖아.

"오빠, 부탁이에요. 오늘 밤만 같이 자 줘요……. 안 돼?"

아오이는 당장에라도 울음을 터트릴 것 같았다.

원래라면 한 침대에서 자는 건 좋지 않다.

하지만 아오이가 이렇게나 무서워하고 있다. 내가 안심할 수 있게 해 줘야 한다.

"알았어. 이리 와."

"오빠……. 고마워요."

아오이가 문을 닫고 불을 껐다.

그리고 내 침대 옆으로 다가왔다.

"실례할게요."

침대로 올라와 내 몸에 붙어 왔다.

이렇게 떨다니, 가엾게……. 나는 아오이를 감싸듯 부드럽게 껴안았다.

"오빠……. 좀 더 붙어도 돼요?"

"응. 무섭지 않을 때까지 마음대로 해도 돼."

"……고마워요."

안도한 목소리가 새어 나온 그다음 순간, 다시 천둥이

쳤다. 집에 구멍을 낼 듯이 무시무시한 굉음이다.

"꺄아아아악!"

아오이의 몸이 흠칫 떤다.

"으으……. 오빠, 무서워요……!"

"옳지, 옳지. 괜찮아."

천둥소리가 날 때마다 아오이는 몸을 움츠리며 비명을 질렀다. 그럴 때마다 나는 괜찮다고 해 주었다.

시간이 얼마나 흘렀을까.

점차 천둥이 치지 않게 되었다. 빗소리도 작아졌다. 슬슬 지나간 거겠지.

"오빠……. 미안해요, 폐 끼쳐서."

아오이도 여유가 생겼는지 내게 말을 걸어 왔다.

"서운하네. 폐라고 하지 마."

"하지만……."

"우리는 서로를 의지하며 생활하고 있잖아. 내가 곤란할 때는 아오이가 도와주고 아오이가 곤란할 때는 내가 돕는 건 당연한 거야."

"그, 러네요……. 부부는 그런 거죠."

"으, 응……."

아직 부부는 아니라고 눈치 없는 지적은 하지 말자. 언젠가 부부가 될 테니까.

"오빠의 이런 자상한 점을, 좋아해요."

아오이가 나를 좀 더 세게 껴안았다. 떨리던 몸은 이제 안정을 되찾았다.

"오빠."

"왜?"

"이런 응석꾸러기인 저도, 훌륭한 선생님이 될 수 있을까요?"

"될 수 있어. 내가 보장할게."

"정말요?"

"응. 상냥하고, 배려할 줄 알고, 노력파고, 아이를 좋아하고……. 그런 아오이가 훌륭한 선생님이 되지 못할 리가 없어."

"……고마워요."

아오이가 내게서 손을 떼어, 가슴께로 가져갔다.

그리고는 잠옷 단추를 톡 푼다.

그 순간, 가슴골이 살짝 보였다.

"잠깐, 뭐 하는 거야?!"

"……저, 오빠에게 보여 주고 싶어요."

"어?!"

왜 갑자기 가슴을 보여 주겠다는 건데?!

"지금, 꺼낼게요."

"멈춰! 뭘 꺼낼 셈이야?!"

"뭐긴요……. 목걸이요."

"……헤?"

자세히 보니, 아오이가 가슴께의 목걸이를 만지고 있었다. 오늘 밤은 아오이가 순진무구 공격을 빈번하게 발동하네…….

"놀라게 하지 마……. 그런데 잠잘 때도 목걸이를 하는 거야?"

"평소에는 빼는데 오늘은 천둥이 치니까요……. 목걸이를 차고 있으면 오빠가 지켜 주는 것 같거든요."

아오이가 사랑스럽게 목걸이를 어루만졌다.

"오빠. 이 목걸이에 맹세할게요. 저, 아이들이 믿고 의지할 수 있는 훌륭한 선생님이 될게요."

"응. 열심히 하자. 나도 온 마음을 다해 응원할게."

"고마워요……. 저기, 부탁이 있는데요."

"부탁?"

"그……. 결혼하면 매일 한 침대에서 자고 싶어요."

"응?!"

"이렇게 침대에서 어리광 부리고 싶어요……. 안 돼?"

미친 파괴력을 지닌 부탁에 할 말을 잃는다.

……그러니까 미래에는 침실을 같이 쓰고 싶다는 의미인가?

물론 결혼하면 그래도 상관없다.

근데 지금부터 미리 약속이라니, 너무 귀여운 거 아니야?

그건 그렇고 지금 이거, 매일 침대에서 애정 표현을 하 겠다는 선언 맞지?

……아오이가 성인이 되면 그냥 어리광 부리는 것만으 로 끝나지 않을지도 모른다. 그때는 어엿한 성인 남녀인 데다가 지금보다 더 자극적인 스킨십을……. 아니야, 생각 그만해! 침대에서 이상한 망상 하지 마!

"바, 방금 건 실언이었어요. 잊어 줘요."

아오이가 빠르게 말하고는 입을 앙다물어 버렸다.

본인도 부끄럽겠지. 불을 켜면 사과처럼 얼굴이 새빨갛 게 됐을 게 분명하다.

침묵이 이어지고, 어색한 공기가 흐른다.

"음……. 저기, 아오이. 학교는 언제 개학해?"

이 상황을 타파하기 위해 적당한 화제를 던졌는데 대답 이 없다.

대신 새근새근하는 숨소리만이 들려왔다.

"……잠들었구나."

아까부터 졸려 했으니, 천둥이 멎어 긴장이 풀렸으리라. 기분 좋게 숨을 내쉬며 자고 있다.

잠든 아오이의 귀여운 얼굴을 계속 보고 싶지만, 내일은 출근해야 한다. 늦게까지 깨어 있을 수는 없다.

……나도 이만 잘까.

가만히 눈을 감았다. 그때였다.

"오늘은 오빠 침실에서 잔뜩 어리광 부리고 싶어요……. 안 돼?"

아오이의 귀여운 잠꼬대가 들렸다.

오빠라……. 아마, 나겠지?

설마…… 성인이 된 아오이가 일에 치여 귀가한 밤에 나와 한 침대에서 애정 행각을 벌이는 꿈을 꾸나?!

조금 전에 취소한 부탁을 꿈으로 꾸는 건가……. 그렇게 나하고 매일 한 침대에서 자고 싶은 거냐고!

눈을 뜨고 아오이를 본다. 아오이는 잠옷 단추를 다시 채우는 걸 깜박했다. 부푼 가슴이 슬쩍 보여 두근두근한다.

"음……. 흠냐흠냐."

아오이의 입술에서 애교 섞인 소리가 샌다.

"오빠……. 앗, 거긴 안 돼요……. 하여간. 응석꾸러기라니까요."

…….

………….

꿈속의 나여, 침대에서 무슨 짓을 한 거냐?!

안 되겠다. 아오이의 천연 발언일 가능성이 높다고 해도 불건전한 망상이 자꾸 떠오르고 만다.

더는 한 침대에서 잘 수는 없다. 나는 아오이가 깨지 않게 조심스럽게 침대를 빠져나왔다.

거실로 나와 바닥에 앉는다. 마룻바닥이 차가워서 달아오른 몸의 열기가 식는 듯했다.

"……오늘은 거실에서 자자."

나쁜 생각이 머리에서 사라질 때까지 나는 심호흡을 계속했다.

눈을 뜨니, 침대에는 나뿐이었다. 오빠의 모습은 없었다.

오빠가 누워 있던 곳을 어루만져 본다. 온기는 이미 완전히 식어 있었다. 침대에서 일어난 지 꽤 됐다는 거겠지.

……어디를 간 걸까.

곁에 있어 주지 않으면 쓸쓸하다. 꿈속의 오빠는 그토록 꽉 껴안아 줬는데.

그리고 오빠는 내 몸을 만지며 천천히 얼굴을 가까이 가져왔다…….

거기까지 생각이 미치자, 뺨이 뜨거워진다.

나도 참, 어떻게 그런 부끄러운 꿈을 꾼 걸까. 부부가 된 우리가 침대에서 사랑을 속삭이며 껴안는 꿈이라니……!

거기다 입을 맞추는 순간에 눈이 떠 버렸다.

오빠의 뺨에 뽀뽀한 적은 있다.

하지만 연인이 하는 진짜 키스는 해 본 적이 없다.

입술끼리 맞닿으면 어떻게 되는 걸까……. 바보, 바보! 왜 야한 생각만 하는 거야!

"하아……. 이게 다, 오빠 때문이에요."

오빠가 자상하고 멋진 게 잘못인 거다. 그래서 내가 어리광 부리고 싶어져서 살짝 야한 꿈을 꾸고 만 것이다. 그래, 그런 거로 하자.

오빠를 생각하니, 쓸쓸함이 되살아났다. 나는 정말 오빠가 사라진다면 살 수 없을지도 몰라.

벌떡 일어나 방을 나왔다.

거실에 불을 켜니, 소파에서 자는 오빠가 보였다.

"아이참. 이런 데서 자면 감기 걸린다고요."

예전만큼 심하지는 않지만, 오빠는 가끔 칠칠치 못하다. 내가 없으면 완전 엉망이다. 성인이 되어서도 쭉 보살펴 줘야겠다고 마음먹었다.

그런데 왜 이런 곳에서 자는 걸까. 사정이 있다 한들 침대에서 자는 게 훨씬 편하지 않나……?

설마…… 내 코골이가 시끄러워서 나온 건 아니겠지?!

나는 코를 골지 않는다고 생각한다. 실제로 오빠가 불평한 적도 없다.

하지만 잠잘 때 어떤지는 나도 모르니까……. 어쩌지. 창피해애애애애……!

수치심에 괴로워하는데 오빠가 '에취' 하고 귀엽게 재채기했다.

"역시 춥겠죠……. 정말이지. 오빠 혼자만의 몸이 아니라고요?"

내가 오빠에게 잔소리하지만, 반응이 없다. 에잇, 걱정되니까 따뜻하게라도 하고 자지.

나는 내 방으로 가서 담요를 들고나와서 오빠에게 덮어주었다. 그랬더니 오빠가 행복한 미소를 지으며 웅얼웅얼 입을 움직였다.

"후후. 자는 얼굴, 귀엽네요……."

기미 하나 없는 깨끗한 피부에 다정한 눈매.

시선이 입술까지 내려왔을 때, 문득 꿈이 떠올랐다.

꿈속에서는 입 맞추기 전에 잠에서 깨 버렸다.

연인과 진짜 키스를 하면 어떤 기분일까.

소녀인 나는, 아직 모른다.

──하면 안 돼.

오빠는 나를 소중히 아껴 준다. 분명 졸업할 때까지는 키스 이상은 요구하지 않을 것이다.

그러니 키스의 맛을 알면 안 된다. 한 번 맛보면, 언젠가 또 원하게 될지도 모르니까.

그런데도 나는 오빠에게 얼굴을 가까이 가져가고 있다.

안 돼.

자는 사람한테 비겁하게.

자신에게 그렇게 되뇌지만, 아무리 해도 동경해 온 애정 표현을 갈구하게 된다.

"오빠…… . 좋아해요."

입술이, 겹친다.

부드러운 과실을 쪼아 먹는 듯한 감촉. 뺨에 하는 것과 아예 다르다. 진짜 키스는 기분 좋고, 가슴이 두근두근한다. 몸 안쪽이 욱신욱신 쑤신다.

천천히 입술을 뗐다.

오빠는 깨지 않았다. 새근새근 자고 있다.

심장이 시끄럽다. 고통스러워 터질 것 같다. 배덕감과 좋아하는 마음이 서로 싸워서 머릿속이 복잡하다.

해 버렸다.

진짜 키스, 해 버렸어……!

"저, 나쁜 짓을 하고 말았어요……!"

달아오르는 뺨을 양손으로 감싸며 번민했다.

　전에 선배에게 '소설도 기획 단계에서부터 미디어 믹스가 될 전망이 있으면 좋다'라는 말을 들은 적이 있습니다. 지금도 이런 생각은 중요하다고 봅니다.

　그나저나 루미가 아오이를 '설곳치', '쉬옷치'라고 자주 놀리잖아요. 이거, SNS 이모티콘으로 만들면 재미있을 것 같아요. 잔소리하는 아오이 이모티콘, 애교 부리는 아오이 이모티콘……. 'ㅇㅇ치'의 'ㅇㅇ'만 바꾸면 활용이 무한하답니다. 범용성 최고 아닌가요? 목표는 『피곤에 찌든~』 SNS 진출!

　제 야망은 접어 두고, 다음은 홍보를 하겠습니다. 현재 『피곤에 찌든~』은 '코믹 전격 다이오우지'에서 만화책으로 연재 중입니다. 만화를 그려 주시는 분은 바파코 선생님이십니다. 유야와 아오이의 달콤한 생활을 만화로도 즐길 수 있으니, 꼭 봐 주세요.

　이하는 감사 인사입니다. 담당 편집자님. 일러스트를 그려 주시는 Parum 선생님. 그리고 이 책의 제작자 여러분. 정말로 감사합니다. 덕분에 이렇게 멋진 책을 낼 수 있었습니다!

　마지막으로 독자 여러분께는 제가 할 수 있는 최상급의

감사를 드립니다. 읽어 주셔서 정말 감사합니다!

KUTABIRE SARARIMAN NA ORE,
7 NENBURI NI SAIKAISHITA BISHOJO JK TO DOSEI WO HAJIMERU 3
©Natsuki Uemura
Originally published in Japan in 2024 by HOBBY JAPAN Co., Ltd

**피곤에 찌든 회사원인 나,
7년 만에 재회한 여고생과 동거를 시작한다 3**

2024년 10월 1일 1판 1쇄 발행

저　　　　자 | 우에무라 나츠키
일 러 스 트 | Parum
옮　긴　이 | 변성은
발　행　인 | 유재옥
담 당 편 집 | 정지원

이　　　　사 | 조병권
출판본부장 | 박광운
편 집 2 팀 | 정영길 조찬희 박치우 정지원
편 집 3 팀 | 오준영 이소의 권진영
디자인랩팀 | 김보라 차유진
디지털사업팀 | 박상섭 김지연 윤희진
라이츠사업팀 | 김정미 맹미영 이윤서
영업마케팅팀 | 최원석 박수진 이다은
물　류　팀 | 허석용 백철기
경영지원팀 | 최정연
발　행　처 | (주)소미미디어
인쇄제작처 | 코리아피앤피
등　　　　록 | 제2015-000008호
주　　　　소 | 서울시 마포구 토정로 222, 502호(신수동, 한국출판콘텐츠센터)
판　　　　매 | (주)소미미디어
전　　　　화 | (070) 8822-2301

ISBN 979-11-384-8431-2 04830
ISBN 979-11-384-8118-2 (세트)